珍妃之井

浅田次郎 著 杜海清 译

上海文化出版社
上海故事会文化传媒有限公司

目次

埃德蒙·索尔兹伯里 英国海军中将，伯爵。

赫伯特·冯·施密特 德意志帝国大校，男爵。

谢尔盖·彼得洛维奇 俄清银行总裁，俄国公爵。

松平忠永 东京帝国大学教授，子爵。

镇国公载泽 熟悉西洋的满族皇族，光绪皇帝的远房堂兄弟。

张太太 载泽迷恋的神秘美女。

西太后慈禧（老佛爷、老祖宗）连续掌控晚清三朝的女霸主。

光绪帝载湉（万岁爷、皇上） 清朝第十一代皇帝，西太后的外甥。

珍妃 光绪皇帝的妃子，义和团事件最严重的时候死于非命。

托马斯·艾德温·巴顿 《纽约时报》驻北京记者。

兰琴 曾是光绪皇帝身边的太监。

袁世凯 直隶总督兼北洋通商大臣，擅弄权术的汉人将军。

瑾妃 光绪皇帝的妃子，珍妃的亲姐姐，绰号"胖妃""月饼"。

刘莲焦（刘四老爷）瑾妃身边的太监。

溥儁（大阿哥）义和团事件后被剥夺皇位继承权的满族皇室人员。

李春云（春儿）兰琴的结拜兄弟，西太后身边的太监。

康有为 清末公羊学者，戊戌变法的推进者。

梁文秀 光绪皇帝身边的年轻官僚，戊戌变法的推进者。

李鸿章（少荃）科举出身的汉人将军。

荣禄 满族旗人，西太后的心腹。

隆裕 光绪皇帝的正室，西太后的侄女。

李莲英 西太后宠爱的太监，荣禄的好友。

端郡王载漪 溥儁的父亲，义和团事件后被流放新疆。

第一章
泽公府的舞会

　　真是太荣幸了，阁下。能成为大英帝国海军将军的舞伴跳一曲慢三步舞，这让我恍如在梦境中。

　　说起来，该有多久没开这样的舞会了？

　　一、二、三——嗯，从那次闹得翻天覆地的大政变之后，算起来已有四年了！

　　要是皇上和他年轻官僚们的理想在1898年那年得到实现的话，北京就不是现在这个样子，被烧得一片荒芜；这样的舞会也该每天都会如期在泽公府举行吧？

　　光绪皇帝的维新体制只坚持了百来天就失败了，世道重又回到西太后的旧世界。对于熟悉西洋的载泽大人来说，眼见着从小就看作亲兄弟而追随的光绪帝被幽禁南海瀛台，自己熟悉的革新派官僚被一个个杀了头，他哪有什么心情开舞会呢？

说起载泽大人，你看，他正凶巴巴地瞪着眼朝你看哪。

不过，你别在意，我不是他的情人，那只是他的一厢情愿。

什么？你问我是谁？

好吧，今晚就自报姓名吧。在这里的社交场合，朋友们都称呼我张太太。行了，再要刨根问底，是不是太不识趣了，将军？

我的英语是从小跟着父亲学的，他是个洋务学者。我的法语和德语是因为生活在天津租界的缘故，耳濡目染，慢慢就能听会讲了。因为会讲多种外语，我还是个小孩子的时候就和公使馆官员家的小姐一起被人邀请参加舞会。

你问我是满人还是汉人？这有什么区别呢？满人建立清国已经是两百几十年前的事了，如今长相和语言都没什么不一样。好吧，现在让我倒过来问你个问题怎样——埃德蒙·索尔兹伯里先生，你是苏格兰人，还是英格兰人？嗯，我都觉得这个问题问得有点傻。

一、二、三——不管怎么说，两年前发生的义和团暴动闹腾得真是够呛！

啊呀，整个北京都烧遍了。到底死了多少人，谁也说不清楚。后来又加上外国军队长驱直入，如入无人之境，放肆掠夺，更是把人害惨；而西太后和万岁爷却只顾匆忙逃往西安去了。

说实话，在这件事情上，载泽大人就做得漂亮多了。那个时候，满族的皇族中，留在北京不走的，大概就他一个人了吧？也可能是因为他平时常开舞会，和外国公使、军人关系良好，所以才觉得与其逃跑，不如留在京城更安全。

现在看来，他的判断是对的。其他那些空无一人的王府都遭到了疯狂的抢劫，唯有泽公府，你看，毫发无损。载泽大人引以为豪的英国造马车也好好地放在那儿纹丝不动。

嗯，载泽大人看上去有点儿情绪低落，你看，心神不定的他又换舞伴了。

他心情不爽，应该不是我的原因。早先被西太后指名为"大阿哥"的溥儁因为纵容义和团之罪被流放后，载泽大人一下子就成了众人瞩目的中心人物。

不管怎么说，镇国公载泽大人是爱新觉罗家族的正宗后裔，他可是高宗乾隆皇帝的玄孙！再说，他和当今皇上还是堂兄弟关系，从年龄上看，成为下一位大清国的皇帝，也是顺理成章的事。

只是他精通洋务这点，不知西太后如何看待？他的孤傲也确实让人受不了，太后在后宫传他叩见，他总是装病不去。

哎呀，要是真有这么一天，我说不定也会被召进后宫，成为一名嫔妃。长长的人生这么度过，也是挺好的。

一、二、三——太棒了，将军。今晚我醉得厉害，当然并不是喝酒的缘故。

对了，听说将军这次来华是为调查八国联军的掠夺实情？请务必进行彻底的调查。

大英帝国议会从不受清规戒律的约束，这一点我是真感敬佩的。当然，我也十分钦佩带着女王陛下的嘱托来这里的索尔兹伯里阁下。

人不能抢夺别人的财物；人的生命是平等的，都应该得到尊重。我想，英国提倡的自由主义，就是这么个意思吧？

说起当年八国联军无法无天的罪恶行径，那真是几天几夜也说不完！当时，各国军队都向士兵发出了从北京沦陷的那天起，可自由抢劫三天的指令。

怎么，这事你不知道？

我可没有夸大其词。至少，德国皇帝威廉二世是向他的军队发出过训令："你们可以把中国人当作野蛮人来对待。"因为是野蛮人，所以就可以随意抢掠、随意杀戮，这显然是违背人道的。

我不知道其他七国是不是有类似这样的指示，但不管怎么说，允许军队将士公然抢劫施暴则是不争的事实。

还有德国元帅瓦德西这个人。选择这样一个恶魔般的男人出任八国联军总司令是个极大的错误。

你可以这样想，从军队的人数来看，绝对应该由日本的将军担任指挥；若按照从清国获取权益的多寡来考虑，那也该是英国；假如从宗教的大义出发，则布教传统悠久的法国是首选；而俄国是相互接界的邻国，当指挥国，它也是有资格的。怎么说也轮不到德国呀。

瓦德西成为八国联军的总司令，估计是看重德国公使被杀这一事件吧？由此也可以清楚地看出，他们是要进行疯狂的报复。

这些疯子在得到德国皇帝的训令后率先进行了疯狂的烧杀掳掠，然后其他各国军队也跟着一起效仿。美国、意大利、奥地利的军队都干出了一样的事情。

一、二、三——将军，看你的脸色不怎么好哩，是不是惹你不开心了？抱歉！

咱不说瓦德西的事了吧，那个老得不像话的将军被选为总司令来到北京的时候，已是事变发生后的两个月了。他确实是接受了德国皇帝的命令，在地球的另一边下达了"当作野蛮人对待"的命令。

总之，八国联军是不顾军纪的约束，肆无忌惮地进行了长时间的烧杀掠夺。他们把奸淫后的妇女送进了裱褙胡同的妓院。

你不信？无论贵贱，也不管老幼，只要是个女人，就一个个地都把她们当作性奴。不管是胆小不敢乱来的士兵，还是到了这个地步还在笃信上帝的军官，他们都去了裱褙胡同玩女人。这样一来，谁都难逃罪责。来这里对付义和团事件的八国联军，所有的军官和士兵都是一丘之貉的共犯。

我同直隶总督裕禄大人的女儿是从小就认识的好朋友。她的父亲将战败的责任揽在自己身上，在北京郊外的杨村饮毒自杀，留下了七个美丽的女儿。

直隶总督，也就是河北的最高行政长官。在我们这个地方官权倾一方的国家，总督是可以和宰相匹敌的大官，而且他还是太祖努尔哈赤之后的满人贵族。地位如此显赫的七位公主，最后也被掠去裱褙胡同，任由野兽般的外国士兵糟蹋。当然，她们家占地广阔的豪宅也被抢了个干净，最后付之一炬。

一、二、三——索尔兹伯里阁下，你喜欢莫扎特吗？创造如此美妙音乐的西方人，怎么会做出这种禽兽不如的行为的呢？奇怪的是，对西方文化一无所知的中国人却会为莫扎特的音乐着迷。

你知道天主教的北堂吗？事变发生之初，义和团的人来到这里，北堂也就成了双方激战的战场。

北堂的主教是一位名叫法比耶的神父。他年轻时就来到北京传教，一直为流离失所的难民施舍，照料无家可归的孤儿。对他来说，传教其实是放在其次的事。日复一日，他为无依无靠的人们施舍，在教堂后院的玻璃工场手把手教给孤儿们将来可赖以谋生的手艺。到了星期天，做礼拜前，他会演奏美丽动听的莫扎特乐曲，为贫困的人们带来精神慰藉。

当时，那些成为义和团目标的信徒纷纷逃入北堂，和几个法国士兵一起躲在大教堂里，法比耶神父则手拿来复枪进行抵抗。

这些义和团的人应该也是四处流亡的贫民，听说神父是一边开枪阻击，一边口中不停地诵读圣经。

八国联军攻陷北京后，我曾女扮男装去过北堂。只见法比耶神父将孤儿的尸体一个个并排放在废墟上，仰望着天空不停地哭泣。

他没有做祈祷。我对他说，为孩子们祈祷吧。神父绷紧了他那张原本慈祥的脸说，张太太，我已经不信上帝了。这些孩子到底有什么错？

神父没有做什么祈祷，而是不停地用小提琴拉着他熟悉的莫扎特曲子。在夕阳余晖的映照下，神父不住地叹着气拉着弓弦，那神情、那模样我至今难忘！

一、二、三——阁下，请你抬眼看着我。将军是个虔诚的基督徒，我的话也许有点儿让你受不了，但有一句话却是非说不可。

索尔兹伯里阁下，你是带着怎样的想法走马上任的？内心是怀着怎样的正义感和责任感？今天见到你，而且是如此近距离，我是看得清清楚楚。

在阁下的内心深处，是很想以上帝的名义，把大事变期间发生在这块土地上的令人发指的暴行统统揭露出来。可是我要说，这是徒劳的。

事到如今，你要把所见所闻的各种恶行弄清楚根源，还要加以裁夺，拨乱反正，这现实吗？

你静下心来仔细想一想。那些义和团的人揭竿而起、犯上作乱本就是出于爱国之心，倒是出兵镇压他们的袁世凯是个巴结列强的叛逆者。

其结果是，几乎所有的官兵都投奔了义和团，导致西太后最后向全世界发布了宣战书。

这究竟是一场事关国家威望的圣战，还是单纯的针对外国人和基督徒的歇斯底里的虐杀事件？如果不能理解彼此主观认识上的错位，那么阁下的这次调查是毫无意义的。

说说我个人的见解吧。德国皇帝威廉二世向军队下达了"把中国人当野蛮人处理"的训令，但是有哪个西方人认为，德国皇帝说的话太过分了？没有。也就是说，德国皇帝只不过是直言不讳地说出了他心里的想法而已。难道这是日耳曼民族的天性使然？就像贝多芬交响曲一样直抒愁绪？

各个列强国家，当然其中也包括了唯一的黄皮肤人种日本人，全把我们当作野蛮人看待，觉得非除去不可。他们随心所欲地在这里烧杀掳掠，随心所欲地奸淫妇女，杀死毫无抵抗力的孩子和老人，因为不当人看待，所以他们良心上也不会有愧疚感。

这些都只是我个人的想法，阁下。

当听说大英帝国议会决定派遣索尔兹伯里调查团来这里调查时，我国的有识之士会有什么想法？你没想到吧？大家都笑出了声——这些洋人在耍什么花招哟！人们在猜想，是不是将来要把德国当作敌对国家，现在先让它成为国际上受人指责的众矢之的？

　　毫无疑问，将军是一位品格高尚的人。这个评价，我想去问任何一个西方人都会得到一样的回答。也正因为如此，大英帝国议会才会挑选阁下为特命调查团的团长。

　　一、二、三——嗯？怎么步子有点乱哪，将军。对，挺直身子靠近我，让我仔细端详阁下的尊容。

　　阁下所做的意在恢复上帝之名和人道尊严的工作，我觉得一点意义也没有，道理就在这里。所以我奉劝你不要过于当真，最后成为本国大佬的一道酒肴！

　　咦，载泽大人不跳了！你看哪，他故意让两个俄罗斯女人陪侍左右，用一口蹩脚的法语和人说笑。我想，听他说笑话定是一件很累心的事，阁下必定也会有这样的体会。

　　一、二、三——嗯，咱往角落边挪挪。不说他坏话了。再说下去，要是载泽大人对将军阁下有什么成见，我就连立足之地都没了。毕竟，他的一只脚已经踏上了大清帝国第十二代皇帝的宝座。

　　啊，不过，他穿着那身燕尾服还真是神气，留在唇上的西式短须也挺帅的。

义和团闹事的那会儿，我还真有点担心，那些人会不会最先拿他来祭旗。好在，义和团的人还没杀进京城，载泽大人就已经藏好了他的马车；他的西式官邸四周竖起了象征王府的旌旗，刀枪林立。而他自己呢，也忽然间穿上了一身华丽的朝袍。

他站在阳台上发表演说，嘴里说着"各位忠君爱国的朋友们，你们辛苦了"之类的话。左右两边，一品亲王的旗帜和杏色底子上染着"泽"字的公爵旗猎猎作响。

啊呀，这样的作派，哪天他当上皇帝，诸事都会很顺利也是说不定的事呢。

对、对，义和团闹事之后，他就不再顾忌自己崇洋的心思，就在前些日子，他差点儿就剪掉了自己的长辫，幸亏身边的太监苦苦相劝，才没有闯下祸来。

真要走到这地步，怕是西太后也不会坐视不管吧？不是赐死，就是流放到新疆的荒蛮之地。就算有旁人为他说情，最好的结果也只会是与光绪帝为邻，关在南海瀛台吧？

一、二、三——唉，说起光绪帝，这真是个让人同情的人哪。

百日维新失败之后，他名为皇帝，实为阶下囚。据说连一日三餐也是由御膳房送去。每天，面对这有可能下了毒的冷菜冷饭，不知皇帝是以怎样的心情下箸。真是作孽啊！

对了，索尔兹伯里将军，听说阁下是大英帝国首相的亲戚？如此高贵的门第出身，你也一定能够理解当今清朝皇室各位皇亲国戚的心情吧。

光绪皇帝是先帝同治的堂弟，而西太后是先帝同治的生母，也就是光绪帝的伯母。载泽大人呢，正是这两代皇帝的远房堂兄弟。

这样几个血缘相近的人，相互间有爱有恨，有的夭折，有的被囚；有的玩世不恭，有的苦苦支撑国运……想想这些人的处境，就算是我这样一个毫不相关的局外人也觉得郁闷死了。

一、二、三——看来，载泽大人对我是失望之极。您看，他在妖娆的俄国女人的簇拥下退席了。

载泽大人，请不要见怪，今晚，我是被眼前的这位英国绅士迷住了。

但是将军，我要告诉您，在您执行的任务中，唯有一件事是十分有意义的。刚才我说一切都不过是好笑的把戏，但这个是您不能看走眼的大事。

现在，除了极少一部分有关系的人之外，谁都不清楚内中的详情，包括东交民巷的外交官们和像虫子般竖起触角在街上到处转悠的报纸记者。

　这是两年前的夏天，对，就是八国联军把义和团和清军打得一败涂地，快要攻进北京城的某天发生的事。

　万岁爷和西太后手忙脚乱正准备逃往遥远的西安，一位美丽的妃子在紫禁城内命丧黄泉。她是头朝下，被人投进一口窄小的深水井的。

　对于颂扬王室权威至高无上的大英帝国议会来说，这不是一件颇不寻常的大事吗？

　请仔细想一想，现在这里正是列强各国争权夺利的地方。世界政治的发展趋势，究竟哪个会占上风？是君主立宪制，还是共和制、自由主义？或者是近来在俄国风头正劲的共产思想？

　总之，两年前，在这个庞大的绝对君主制国家的宫殿里，一位王妃被人下了毒手。就算那是宫廷内不择手段谋权夺利造成的结果，那也是一个动摇王朝君主制度根基的大事件，至少对拥有君主的大英帝国，还有德国、俄国和日本来说是这样。

　一、二、三——太多的详情我也不清楚。我所知道的，就是这位妃子名叫"珍妃"。人如其名，这是一个世间少见、貌如天仙的女人。就在北京即将陷落的混乱中，珍妃被人杀死了。她被人头朝下推入一口深窄幽暗的水井里。

索尔兹伯里将军，我可不愿看到尊敬的阁下出演一出丑剧中的英雄人物！指摘德国皇帝的言论，向全世界揭露德意志帝国的暴行，这些都不过是姑息养奸之举，是违背大英帝国议会倡导的自由主义的，也会让女王陛下的威信一落千丈。

请务必置身于大视野查究"王妃杀害事件"的凶手！阁下若能有此决心，日本、德国、俄国也一定会明白这个事件所具有的重大历史意义。

一、二、三——我？不是说了嘛，我是张太太。其他进一步的细节，你查了也没用。如果实在想知道，那我建议你去向西太后打听吧。我想，在得到结果之前，阁下的脑袋和身子已经不在一起了。

一、二、三——你喜欢莫扎特吗，将军？我虽然喜欢莫扎特和贝多芬，但其实更爱莎士比亚，爱到愿意奉献自己的一切！

啊，马车进车廊了！车夫在招呼我呢。嗯，承蒙镇国公载泽大人之恩，我可以随时使唤他的绿色马车。尽管这样，我还是觉得不能自由行动的载泽大人是个可怜的人。

一、二、三——那，埃德蒙·索尔兹伯里将军，我这就告辞了，请放开我的手吧。

I'm looking forward to seeing you.——能见到你，我真感荣

幸。期待再次见面。

*

从泽公府回来的路上，海军中将埃德蒙·索尔兹伯里心情郁闷，连坐在对面座席上的副官都看不顺眼。

他并没有喝到烂醉如泥的地步，只是坐在逼仄的座席上，不停晃动的马车令他的情绪糟透了。要不是有一阵阵醒酒的清凉夜风透过车窗吹进来，他早就走下马车步行回家了。

南边夜空中高悬的明月，在京城悄无声息的大路上洒下一片银色。梅开二度的舞会在这样的秋夜中举行，真是再合适不过了。

一会儿，马车驶上了东交民巷的石板路。这里，各国公使馆和西餐店、合资银行鳞次栉比，是事实上的外国租界。虽然它不像上海、天津那样有明确的界线，但这里除了一些商人和来客，鲜有中国的普通百姓踏入。夜深了，街上只有喝得醉醺醺的公使馆卫兵趔趄着脚步在徘徊。

将军在犹豫，要不要向麦克唐纳公使打听刚才舞会上从陌生女人那里听来的事？

克劳德·麦克唐纳公使是戊戌变法至义和团事件发生这段时间北京动荡时局的见证人。这次被委以重任调查八国联军惨

～19～

无人道的暴行，也有赖于麦克唐纳公使的回忆作证。但是，在时局变幻的节骨眼发生的这个王妃被害事件，公使是不是清楚，就很值得怀疑了。因为它毕竟是发生在常人难以涉足、暗无天日的紫禁城深宫。直觉告诉他，如果公使是第一次听说，那么这次调查就很有可能转手成为麦克唐纳公使的一项任务。

神秘女人说的话句句在理，也许自己真的是被本国政府操纵着。要是这样的话，把这事告诉和政府联系密切的麦克唐纳公使就是一件非常危险的事。

当然，最后的结果也可能是胎死腹中不了了之。如果说出那个神秘女人所说的话，自己有可能被当作制造紧张国际关系的工具。

当马车驶近纵贯东交民巷南北的御河河畔时，索尔兹伯里将军吩咐副官："先去一下德国公使馆！"

马车在南御河桥的桥垛停了下来。若沿着御河左拐，便是英国公使馆，继续直行则是西班牙、日本、法国、意大利、德国等其他国家的公使馆。

"是去德国公使馆吗，阁下？"副官不解地问。将军点点头，然后从笔挺的海军军服口袋中摸出怀表，凑在月光下。

"现在这个时候……"

"我要见公使馆武官施密特大校。"

"施密特？是赫伯特·冯·施密特？"

"对，有要事商谈。"

年轻能干的副官耸了耸肩，那意思显然是"真不可想象"。

"斗胆问一句，将军阁下，您和施密特大校的关系……"

"这有必要和你说吗？我们是私下的朋友。"

"但是阁下，敝职作为阁下的副官，负有自己的职责。虽说是私下的朋友，也该多少提供点说明。"

索尔兹伯里将军的脸微微抽搐了一下，叹了一口气。

副官还是那样，一副不可通融的表情。索尔兹伯里出身贵族，同首相还有一点亲戚关系，所以作为海军军人，他比别人升迁得快。尽管这样，他从不认为自己的军人素质比旁人差，也不怀疑自己对事物的判断水平。就是这样一个人，其身后却偏偏跟着个事事缺少通融、管家婆般的副官。

"你说得没错，少校。我这就和你说一下吧。我和冯·施密特大校是在日本和中国发生战争的时候认识的，当时大家都是观察国的武官。后来我们就一直有通信联系。"

"不知您是不是知道，施密特大校是德国的谍报军官。"

"我当然知道，可他是普鲁士贵族出身。所以，与其说，我们是军人之间的交流，不如说是同为贵族之间的交往。"

"请问，今天交谈的内容是什么？"

"马车继续前进！对上流社会社交圈的来往礼节，你还没资格过问。"

无奈之下，副官只得放弃继续追问的念头，喝令车夫驾车驶往德国公使馆。

这时，将军似乎又闻到了那股檀香味，还有女人没完没了的絮叨。这真是个美丽的女人！他吃惊于东方居然也有这种气质容貌俱佳的女人。

当她自称"张太太"的时候，他还以为是哪个外交官的夫人，有过在巴黎或伦敦长久生活的经历。可伦敦的社交圈从没见过有这样一个女人。

"少校在北京待了很久吧？"

"在公使馆干了一年。义和团事件的时候在香港总督府做事。"副官仍不改他那张"欠多还少"的扑克脸。

"那你一定听说过张太太这个人吧？"

"张太太？——抱歉，对上流社会社交圈的交往，我还没资格过问。"副官脱口甩出这样一句，不过他随即又放软了口气，"对不起，玩笑话说得有点过头了！张这个姓在北京太常见了，你随便扔块石子就能砸到一个。被唤作张太太的人，光在市区就不下百万人吧？"

索尔兹伯里轻轻叹了一口气，似乎也认可副官夸张的比喻。

"不过您也不用失望，阁下。将军是伦敦社交圈的头面人物，您赞赏的洛布·德克尔特般的中国女人，在这个国家至少可以找出十个来——如果需要，鄙人愿为您效劳，您也没必要去找德国武官商议了。"

"事情哪有那么简单！"将军瞪了副官一眼，"我找德国武官商议的，可不是这种低俗不堪的事。这事就算是麦克唐纳公使，也会让武官为他效劳。"

突然，一个喝得烂醉的士兵一把抓住正在前行的马车扶手，嘴里还说着听不懂的粗俗英语。将军一点没有慌张，只是隔着窗子望了一眼车外。

"这是什么？猴子？"

"不，是美国海军陆战队的，肯定是南方兵——喂，老弟，这是英国海军的公车，你别胡来啊！"

士兵从马车上跳了下来，连声呼着"Yes, sir！"敬了个军礼后跑了。

"……总之，我得把两年前那些人干下的事调查清楚。"

"嗯，这个任务也只有像索尔兹伯里阁下这样清廉无垢的人才能完成。"

"你的意思是说，克劳德·麦克唐纳做不了这事？"

"当然！您是大英帝国海军军官，帝国议会推举的人，还是一个自由主义者、虔诚的基督徒……"

"看来此事就是让纳尔逊将军来干也不一定干得了。"（纳尔逊系英国十八世纪最著名的海军将领、军事家。）

"只有索尔兹伯里将军……"

"好了、好了，副官的确有着异于寻常的禀赋。回国后别干海军了，争取成为议会下院的提名候选人，我投你一票。"

一会儿，双驾马车在德国公使馆的青铜大门前停了下来。

"Nice to meet you! 您好，将军！"将深夜来访的不速之客迎进办公室后，赫伯特·冯·施密特大校没有敬礼就直接伸出了手。

"英国海军的将军深更半夜上门来，这里的警卫一定会很吃惊吧？"

这是时隔八年的重逢。身躯肥硕的施密特一身剪裁得体的德国陆军军服，显得十分威严，英语也进步了很多。

索尔兹伯里想，首先得消除误会。本来我们就没有任何政治上的企图。

当索尔兹伯里还在思忖该如何起头说话时，施密特已抢得先机。

"阁下，我对义和团动乱的事几乎是一无所知。事情发生时我正好回国，在士官学校做教官。后来，鉴于事态的严重性，我跟随瓦德西元帅来到中国，但也一直呆在青岛的司令部。后来北京发生的事，我也是听人传说，别的什么都不知道。"

"哦不——"索尔兹伯里拍了拍大校的肩膀，"这次深更半夜贸然上门，并不是为这件事。我可没想过要利用一下你来完成自己的任务。"

"来点葡萄酒怎么样？"

"行！纯酿葡萄酒是我的最爱。方便的话，再来支雪茄。"

两人在中式黑檀木椅子上坐下。中国仆人端来了葡萄酒。

德国已经知道了索尔兹伯里调查团的意图。这一点，索尔兹伯里从公使馆警卫和办事员忽闪不定的眼神中已有察觉。

"有句话我不得不说，将军，"施密特用生硬的英语说道，"不管阁下向贵国议会提出怎样的报告，希望不要全部公开。"

"是关于德军暴行的那部分？"

"算是吧。索尔兹伯里将军拥有很高的国际威望,您提出的报告会让全世界相信这就是真相。"

将军微笑着点燃了雪茄,"请放心,大校。我不傻。我绝不会为了搜集情报而置友情于不顾。今天到这里来并不是为了这个。"

施密特猪肝色的肥脸顿时绽开了笑容。他碰杯后一口喝干了杯中上好的纯酿葡萄酒,然后像发现了什么似的将视线停留在索尔兹伯里身上的海军礼服上。

"将军见过西太后了?"

"没有。通过公使提出过谒见的请求,但被冷冷地拒绝了。"

"哦,这样啊。难道是早就知道阁下干啥来了?"

"反正,说起来大概只有我一个人还蒙在鼓里,不知道这次调查的真实意图。所以,也就不管不顾地穿着这身礼服去参加舞会,听说那还是时隔四年在北京重新办起的社交舞会。"

"舞会?哼,就是泽公府的舞会吧?"

施密特鼻子里哼了一声,似乎对镇国公载泽的趣味十分不屑。确实,那个舞会耳闻目睹都令人生厌。由俄国人和中国人组成的乐团演奏的曲子荒腔走板,翻来覆去演奏的莫扎特曲子让人听得起耳茧。还有中国口味的法式菜、天津无良商人换贴商标的劣质葡萄酒，想想都让人恶心。参加舞会的尽是些阿谀奉承的官员和商人，还有目标指向外国公使馆官员、打扮让人误以为是风尘女子的女人。

唯有一人除外，就是那个神秘的中国女人。

索尔兹伯里终于说出了他深夜上门的来意。

"冯·施密特大校，我在今天那个毫无趣味可言的舞会上听说了一件令人不安的事。"

"哦，什么事？"

"听说有个叫珍妃的王妃，在两年前的动乱中被人杀死……"

还没等索尔兹伯里说完，施密特就站起身朝窗边走去，他摇着头，拉起窗帘，以避开院子里站岗的哨兵。

"你怎么突然说起这样一件奇怪的事，阁下？"

"哦？你也听说了？"

"这可是一个避之唯恐不及的传说呀，对不对，阁下？你可知道，这个传言对于当今清国和我们这些与之有关的国家来说，是一件多么重大的让人进退两难的事情？"

不知道是不是藏青色窗帘映照的关系，施密特原本猪肝色的脸一下变得铁青。

"确实,后宫里的妃子死于非命是件非同寻常的事,要是发生在我们国家,也会让人大吃一惊,"施密特说着转到将军背后,给门落下锁,然后松了松军服的衣襟,"我们先别忙着大惊小怪,而应该多问几个为什么。"

"正因为如此,我才觉得,这件事对我们这样的君主立宪制国家是一个很大的威胁。"

错了!施密特使劲摇了摇他那肥硕的脑袋,然后很随意地将手搁在将军的肩章上,弯下身子放低声音:"皇帝最宠爱的妃子遭人暗杀,那也就是说,皇帝本人哪天遭遇不测也不是件奇怪的事。"

将军一下子挺直了脊背。在紫禁城的后宫居然有人可以随时向皇帝下手,而且还能做得天衣无缝!索尔兹伯里的脑中忽然浮现出金色波浪般层层叠叠蔚为壮观的宫殿脊瓦来。他的脸色顿时变得十分苍白。

"如果真有这种事的话……后果会远远超过义和团暴动吧?或许一夜间就会百万人头落地,至少外国人会一个不剩。什么谋略、计策都成了狗屁!大屠杀不分青红皂白地遍及中国大地,甚至波及各国列强利益错综复杂的亚洲和非洲各地,连欧洲本土也岌岌可危哪。"

此时，将军的脑中清晰地浮现出两年前义和团事件发生时的刀光血影。在一些人看来，这也许是一场歇斯底里的排外运动；但是，对于日本、美国和欧洲列强诸国来说，却是一场危机，原先各国在中国大陆上的特权利益的平衡经此一击被彻底打破。

也正因为如此，各国才会拼命作出外交努力，最后拼凑出一个八国联军。为了避免发生世界大战，它们唯有一起对付义和团这个共同的敌人。以无数中国人的性命为代价，世界总算没有被搅成一锅粥。经济发达的八个国家用坚船利炮镇压赤手空拳的义和团的原因也在这里。

义和团被消灭后，将它们煽动起来的清廷就像什么事也没发生似的从西安返回北京，但是，让人窒息的紧张气氛并没有得到缓解。

擦得铮亮的长靴一阵吱嘎作响之后，施密特在一张威尼斯式样的狮脚椅子上坐了下来。

"这个传言我早就听说了，可是我们却因事情的可怕性而无法确认它的真伪。幸亏这两年来并没发生什么事。说实话，对阁下的来访，本人一直是翘首以待。"

索尔兹伯里感觉有点口渴，他呷了一口葡萄酒。

"大校找我有事？"

"英国人不可信，尤其是那个北京公使。"

院子里忽地响起一阵风的呼啸声，两人不约而同地缩了缩脖子。

"这话只在这里说说——"施密特大校压低声音，"真的，我连德国人都不相信，包括公使、瓦德西司令，当然还有威廉二世皇帝。"

"你到底想说什么呢，大校。"迎着施密特大校直视而来的真挚目光，将军不由得放软了口气。

"我想暂时忘却自己军人的身份、德国人的身份，只完成一个贵族应尽的义务。我这就想召集一次会议，将军能出席吗？"

"准备开什么会？"

施密特不言语，只是朝通往里间的那扇门踱去。"当然是查明珍妃被害事件的凶手。我们作为保护君主立宪制屏障的贵族，有义务揪出杀害珍妃的真凶。而且这个任务与英国政府对阁下下达的命令也没有任何矛盾之处——少尉，快下达我的指令，请日本公使馆的松平子爵阁下和俄清银行的彼得洛维奇总裁立即来这里一趟。你只要说伦敦来的苏格兰威士忌已到就可以了。"

走廊里随即响起一阵靴子碰着马鞍的叮叮金属声，一会儿，清脆的"得得得"铁蹄声便渐渐远去。

"你想得可真周到，大校。看来你是认识张太太的。"将军轻抚唇上的短须微笑着说。

"不，应该说是受主的引领。"

两位同为贵族的客人来到施密特的办公室时，已是明月高悬的半夜时分了。

先到的是留着红色络腮胡的高个子。光是看一下此人的容貌就能猜出他的国籍。

才刚入秋就穿了一身毛皮大衣的"络腮胡"，脱下外套还来不及握手便先贴上了毛茸茸的脸颊，这种俄国式的友情表达方式让索尔兹伯里不知所措。

估计是职衔和姓名太长说起来费事，"络腮胡"大大咧咧地递上了他的名片。名片上印着的是公爵——贵族中等级最高的爵位。他还是俄国和中国合资的俄清银行的总裁。姓名嘛，还是简单点，只要记住谢尔盖·彼得洛维奇就行了。

他长长的姓名里嵌有罗曼诺夫的字眼，弄得不好可能还同沙皇有点亲戚关系。

"络腮胡"不说英语，而是操着一口流利的法语。他说话声很大，言谈中爱说上几句笑话，乍一看还真像个性格豪爽的实业家。索尔兹伯里每次回以礼节性笑容时，就感到特别累。要不是施密特一再示意"多交流吧，你马上会习惯的"，神经质性格的将军恐怕早就落荒而逃了。

正在索尔兹伯里耐着性子听"络腮胡"滔滔不绝的时候，又有马车到了。只要听听走廊里传来的轻轻的脚步声，你就知道那是个日本人。脚步声歇，门口站着个个头瘦小的绅士。一身燕尾服，头戴大礼帽，那模样活像个妖精。将军虽然觉得不太礼貌，但还是令他想起他那远在伦敦的长孙，脸上不由得绽开了笑容。

对方仰首向他伸出手来。施密特用英语介绍说："这位是松平忠永子爵，德川将军家族的亲戚，现在是东京帝国大学文学部教授，专攻中国学。"

松平教授厚厚的镜片后眯起一双狐狸般的小眼睛，用熟练的英语招呼："阁下，见到您我不胜荣幸。"

恰如其分的寒暄，让将军有点意外。环顾在场几位，最年长的恐怕是自己了。不同国家的人，猜测年龄是件难事。但从外貌上看，谢尔盖·彼得洛维奇像是四十五六岁的样子，松平教授大概四十不到？冯·施密特大校应该是三十九或四十岁吧！

"各位请坐！苏格兰威士忌还没到，我们就用德国葡萄酒干杯吧！"施密特用社交圈通用的法语招呼道。随即，他见松平教授眯细眼睛在端详酒瓶上的标贴，便试探询问："嗬，教授还精通法语？"

"嗯，年轻时在巴黎留过两年学。不过，像我们这一代日本人，能用法语交流的不在少数。"

这样，四个人也就定下了交谈使用的语言。

开首照例是一番社交辞令的漫聊。但这样的漫聊，各人还是得注意不要涉及敏感的话题。毕竟围坐在一起的人所代表的国家，既有隔着北海相互对峙的英国和德国，也有日本海两岸虎视眈眈的俄国和日本。四个人从葡萄酒的口味，聊到中国菜匪夷所思的食材，言谈中不忘相互确认，彼此都有贵族的血统，是和平的使者。

瞅着笑谈的间隙，彼得洛维奇公爵不失时机地将话题引入正道。

"对了，各位朋友，我今天接到鄙国沙皇陛下的一封加密电报，追问为什么到现在还没查清杀死王妃的凶手。"

简单的一句话，拉开了这次秘密会议的序幕。

公爵继续说道："查清也好，没查清也好，如果索尔兹伯里将军不来华，也就不会有什么调查。总之，我们担负着使命，那就是守护立宪帝政国家。因此，我们无论如何要消除清王朝的东方马基雅维利主义思想影响（马基雅维利主义：一种不择手段谋权夺权的思想——译者注），尽快朝制定宪法、召开议会的方向努力。我想各位都已经知道，四年前，也就是1898年，中国欲以日本的明治维新为范本实施帝政革命，但结果却失败了。后来，富有远见的光绪皇帝被反对势力囚禁在四面环湖的小岛上。这位被各国朋友亲切地称为Emperor Guangxu，并寄托厚望的大清皇帝，可是一个无可替代的实现现代君主立宪制国家的人物。"

索尔兹伯里挪了挪坐累的双腿，插话道："不知西太后是怎样的想法。外面传说，太后有意将镇国公载泽殿下认作太子继承皇位……"

"怎么，载泽继承皇位？"施密特嚷了一声，"那不行！让这个迷恋西洋的人继承皇位，正是那些无良商人和一心想着将中国殖民地化的政客求之不得的事。"

"啊，大校别激动。"松平教授用他那贵族味十足的法语尖声说道。

"眼下我们要考虑的是，必须查明真相，究竟是谁杀死了皇帝如此宠爱的珍妃。光绪皇帝现在如同风前残烛，万一他遭遇点什么不测，那么这个国家便永久失去走上现代国家道路的机会。我们必须立刻抓获那个罪大恶极的杀人凶手，将逆潮流而动的罪恶计谋扼杀在摇篮里。我们应该在不刺激反对势力的情况下，坚决依据帝政国家的建国理念，把中国引向正确的发展方向，对不对？幸运的是，光绪陛下现在还一切安好。有朝一日，他定能恢复掌权，构建一个与我们国家一样的现代化君主立宪制国家。因此，两年前作案的凶手非查清不可！在获得足够的确凿证据之后，我们就能以各国王室的名义，在国际上呼吁弹劾！我们要让全世界知道，试图篡夺皇位是天大的罪孽。只有这样，才能保障我们国家国体的安全，同时将中国建成稳固的君主立宪制国家。"

在座贵族们聪明的才智和高远的志向，令索尔兹伯里好生感动。与查究义和团事件中的反人道暴行相比，这是一个何等崇高而又意义深远的使命；而前者却是个无从入手、各个国家各有自己意图的任务。

"那，调查如何进行呢？"

对将军的提问，彼得洛维奇公爵成竹在胸。

"我们现在所知道的也仅仅是传说的那点东西，那毕竟是一桩发生在重重宫墙包围着的深宫大院里的事件，要查清不是一件容易的事。所以，首先要从搜集情报开始——怎么样，大校，你是德国谍报军官，该连北京的鸟雀也是了如指掌吧？"

"这个，呵呵——"对公爵夸大其词的言辞，施密特表现出心有不快的样子，"怎么说呢，不管你掌握了多少情报，问题并不在于他手中情报的数量，而是这些情报的正确度和公平性。"

"公平性？"

"对。他必须是一个不偏袒我们中任何一个人的情报提供者。"

"施密特大校，我们这四个人必须有互信的基础。"将军提醒大校说。

"你的话没错，将军。但是，任何事情都是这样，最先获得的信息往往会左右一个人随后的判断。因此，第一个提供证言的人必须是和我们当中任何一个人都没有利害关系的人。在搜集情报的时候，要时常提醒避免倾向有利一面的主观臆测和先入之见。各位请不要误解我的意思。"

"嗯，大校说得有道理。我觉得这是有专业水平的意见。"松平教授说。

"可是，哪来这样称心如意的情报提供者呢？既要准确，又要公平，还得是第三方……"

"我知道有这样一个合适的人。这次调查虽然有点迟了，但我还是建议，调查就从明天早上七点在东交民巷的北京国际记者俱乐部开始。"

哇哦——其余人一齐发出了惊呼声。

"鄙人极其诚恳地向各位推荐一位《纽约时报》的资深记者，他叫托马斯·艾德温·巴顿。这位奇人被派遣到中国已有将近四分之一个世纪，大概早已被曼哈顿忘记了。但就是这样一个人，手里掌握的宫廷情报，无论是数量还是质量，都能让人闻之肃然起敬。"

"等一下，大校。我们四个人明天一大早去记者俱乐部？"公爵皱起他红色的眉毛问。

"别担心，公爵阁下。每天早上七点总理衙门都会举行记者见面会，各国记者全都会去参加。到时候，这个叫托马斯·巴顿的记者也会大口嚼着涂满厚厚枫糖酱的薄煎饼出现在记者俱乐部的走廊里。"

"怎么回事？这样的人能期待他提供准确、公正的情报？"

"请放心，公爵阁下。总理衙门的官员滔滔不绝报告的消息，此人早在前一天晚上就全都知道了。"

"不可思议……"

"不信的话，可以去翻阅《纽约时报》上的报道，特快消息都比《世界报》和伦敦《泰晤士报》早一天登载出来。"

彼得洛维奇公爵微笑着不再言语，一副贵族特有的风度。而埃德蒙·索尔兹伯里将军则口衔雪茄站起身走向窗边。他拉开绣花边窗帘，让月光倾泻进来。他松了松海军礼服的蝶形领结，望着窗外月色映照下如同莎士比亚舞台剧夜景一般的庭院。

"是谁杀死了珍妃？"在这个陌生的东方之都，一场赌上王权未来的解谜行动即将拉开序幕。此时，将军就像头一次出洋远航的青年士官，他的心剧烈地跳动起来。

第二章

谁杀死了珍妃?

——《纽约时报》驻北京记者托马斯·艾德温·巴顿的证言

Good morning, sir!

啊,吓我一跳。

一大早把人叫醒,还以为义和团的拳民又攻进来了!

心有余悸,那是免不了的。但过去那种担心会像公鸡那样身首分离的情形大概是再也不会出现了。

在这里怎么样?

这个记者俱乐部没有会客室。但奇怪的是这里的记者彼此关系很好,相互之间也没有什么秘密。特别是两年前发生骚乱时,大家一起拿起枪来共同对付义和团拳民后,感情就更深了一层。

今天真是个好机会。总理衙门要举行例行记者招待会，各国记者都会出席。你们与其呆在我那如同地狱般的房间里，还不如在这走廊里交谈更自在。

我去沏咖啡。

喂，喝咖啡吧！这么苦的咖啡绝对可以让大家清醒起来！

对了，在问清各位来意之前，先让我作个自我介绍。

不，你们用不着这么做，因为在我的相册里，你们各位的照片和各国国王、首相、公使的照片一应齐全。

我和赫伯特·冯·施密特大校是老朋友了，不过也有好些日子没碰头。哎，想着这几年一下子也回不了美国，就寻思干脆也留条长辫吧——啊，不好意思，说着说着就走题啦。

谢尔盖·彼得洛维奇总裁我也采访过几次，您还记得吗？——新闻记者可不是田里的南瓜，这话可别再忘记了！作为俄清银行的总裁，阁下的见解可是全世界投资人关注的焦点。总裁轻轻咳嗽一声，华尔街几百万美金的资金就会应声动摇。

对，松平忠永教授我也知道。虽然没听过您的课，但我搜集阅读了您的论文和著作。您可别做出这样的表情啊，我说的都是真的！

我在东京的报社有很多朋友，他们给我寄来很多您的著作。虽然我的日语并不怎么好，但看书还勉强过得去。只要理解汉字的意思，就不算太难。

要论对中国的研究，日本学者确实比中国学者研究得透彻。我觉得，日本学者对中国的研究，是世界上唯一公平、客观的研究。虽然这两个国家比邻而居，但日本纯粹的学院式研究还是让人不得不佩服。比如最近出版的《明代九品官制研究》《中国科举论》，我是将它们和圣经放在一起、随时翻阅的。

说起《圣经》——嗯，真没想到埃德蒙·索尔兹伯里将军会大驾光临。哎呀，我的心情真像是获得西太后召见似的。

嗯，这个有关义和团事件中八国联军官兵非人道行为调查，看似重要，其实很荒谬。

什么，记者招待会什么时候开始？当然是越快越好！说起来非常失礼，这里的记者都在猜测，埃德蒙·索尔兹伯里将军究竟为何而来？

至于我？当然一如往常向报社发送新消息啦，比如"英国舰队旗舰索尔兹伯里在青岛湾击沉德军舰艇"之类的消息——哈，开个玩笑。

不过，阁下，击沉德国舰艇只是胡诌，但阁下是议会制民主主义的"旗舰"可是真的，千万不能忘记。《圣经》、教廷什么的都是靠不住的，唯有神是实实在在的。

来，喝杯咖啡醒醒神。

这个国家水质差，不知大家喝不喝得惯。咖啡倒是产自夏威夷的新品"夏威夷酸咖啡"，天堂的味道。

其实，作为一名报社记者，我不太愿意接受别人的采访。

怎么，问我为何如此轻狂？不信？那让我揿灭烟头喊一声试试："你们这些家伙！失礼也该有个分寸。我可是托马斯·巴顿！只要我给曼哈顿发个电报，你立刻就得飞去孟买！"

对了，我叫托马斯·艾德温·巴顿，1855年出生在美国得克萨斯州一个名叫威奇托福尔斯的地方，那里离开沃斯堡大约上百英里，靠近俄克拉何马州，是一大片广袤的棉花产区。

我老家还有一个哥哥。听说他除了种棉花之外，还经营饲养肉牛的畜牧业，收入可观。算起来，我已有三十多年没回老家了。我很小的时候便失去了母亲，几年前，独自将五个孩子拉扯大的父亲也去世了。

我没什么大学问，文化程度也就是小时候在教堂跟着神父念圣经。十四岁那年，我背着个麻袋上纽约，开始闯荡世界。

从那以后，遭遇了很多事情。啊，这个说起来可就话长了。

总之，几年后我在《纽约时报》谋到了一份差事，我靠着自学努力学习外语。不知不觉中，我便在天津租界站稳了脚跟。

一转眼，我在中国呆了有二十五年了。我觉得，还未出国的时候就学会了人人嫌弃的中文，这是我命中注定的天数。

在这里做事真的是有苦难言，我想很多驻华代表都有和我一样的苦恼：你想回国却没有人愿意来接手。所以，这里记者俱乐部的记者大都是在中国干了十年、二十年的勇士，而其中又数我的资历最长。当然，这也没什么好炫耀的。

以上就是我托马斯·巴顿的个人介绍。四十七年的人生就这样短短两分钟说完，真是可怜又可悲，连我自己都想叹一口气。

对了，各位这次来是……

——哈、哈，原来这样。

各位的想法出自正义，我能够理解。

我们先不去说维持帝政究竟是否正确，但义和团闹事兵荒马乱之际中国的王妃遭人杀害确是不正常。不，说是遭人杀害，这个结论下得太快了，应该说是死于非命吧？

其实这件事早就有传说了。前年夏末八国联军攻陷北京时，最晚初秋的时候，我们就听说这件事了。当然消息不可能正式公布，因为那时候清政府和朝廷都逃到西安去了。整整两年，此事的涉事者、目击者都躲在那个离开北京大约六百英里的古都中。如果凶手就在这些人中间的话，两年时间也足够隐藏证据了。事到如今还想着追查凶手，我真心钦佩各位的热心。但是，我想难度也是很大呢！

至于凶手究竟是谁……

我觉得这样询问有点过于直截了当了。对这样一个过于简单化的问题，若像猜谜似的寻找一个个答案，最合适的结果也就不言自明，那就是——老佛爷。

也就是说，下手的人是西太后。

但是，一般中国人都会这么说："珍妃是触犯了慈悲为怀的菩萨，这才丢了性命。"

我想没有一个人会去袒护西太后，因为她没有袒护的必要。

啊，请不要误解我的意思，我并不是说人人都憎恨西太后，而是相反。各位大概都不了解这个国家和这里的芸芸众生吧？外国人往往都会按自己固有的思想去认识这个神秘的国度，有的人即使在这里住上好多年，脑子里依然是根深蒂固的西方观念。

总之，事情就是这样。

西太后慈禧可不是一般人，她是马基雅维利主义的化身，掌握着对任何人的生杀予夺大权。她的一举一动就是正义,她说出的话就是圣旨,所以她无需任何人袒护。这便是我的意思。

再回到我们刚才的问题,真实的情况究竟怎样?那又是另外一个问题了!

请再往深处想一想。

西太后确实有充分的杀害珍妃的动机。关于这一点我需要再次说明一下。

西太后和珍妃关系不睦,这是珍妃进宫后大家都知道的事。如果要问珍妃是被谁杀死的,人们最先想到的就是太后,觉得肯定是她下的命令。而各国记者在听到传言后,首先作出的反应就是:终于下手了!当然我也是一样。

但事情真的是那样简单吗?

听到传闻后,我私下里做过调查,随着调查的进展,我心头升起了疑窦。

回答我询问的人几乎都是一样的说法:"珍妃是触犯了慈悲为怀的菩萨,这才丢了性命。"

照这样的意思,对珍妃的死,这里的人谁都不用承担责任,也不需要任何烦人的理由。

我当然并不知道事情的真相,但不知为何,对这个推理充满了自信。

"珍妃是触犯了慈悲为怀的菩萨，这才丢了性命。"这是一种忽悠人的说法，真凶就在鼓噪这种说法的人当中。

为什么我有这样的自信？

答案很简单。

远的不说，只要反观一下我来到中国的这二十五年历史你就可以一目了然。所有将西太后搅入这桩疑案中的人，都是为了把自己的过错安在西太后一个人身上。

太后是这么说的。

这是老祖宗的意思。

为了老佛爷的利益。

把这些话挂在嘴边，就能免除自己的责任，甚至罪孽。

西太后并不单单只是个专制君主。查理大帝、太阳王路易十四、维多利亚女王都远远比不上她。西太后除了是个将大权揽于一身的专制君主外，她身上还集中体现了这个国家全部的思想、道德和五千年历史。她就是中华帝国的象征。

还不明白？

那我再说得简明易懂点。

这样也就理所当然地会认为，贬低西太后是消灭清国的唯一方法。她存在的意义就是这么一回事。

若把过错推在西太后身上，各位也能免除所有的罪孽。

见了我，你们才顺利地躲掉了追寻凶手道路上隐藏的第一个陷阱。

这是毫无疑问的。杀死珍妃的凶手，或者说置珍妃于死地的祸首，不是西太后，而是把责任推在西太后身上的某个人。

很好，各位不愧是作为各国王室保护者的贵族，我所说的话好像都能够理解。

那么接下来让我再说一些我所知道的事。

我见过一次珍妃，对，就一次。

不，不是采访，只是瞥了一眼。

就在那次翻天覆地大政变的前一年，算起来是1897年夏天的事了。

我得知光绪皇帝去离宫避暑，便觉得这是拍照的好时机。从紫禁城到颐和园的路上，哪里是捕捉皇帝镜头的最佳位置？研究半天的结果，我发现只有一个地方。

那便是颐和园的罗锅桥。

皇帝一行从城外的万寿寺坐船上运河，沿途戒备森严，根本无从下手，只有他们下船的罗锅桥附近才有点希望。

那个时候，记者俱乐部有一位经验老到的中国摄影记者名叫温方，那天我和他一起骑马出发。

不料，途中忽然下起雨来，还下得没完没了。照片肯定是拍不成了，但好容易有这样的机会，就算偷看一眼也好。于是，我们就躲在运河边的草丛里，浑身湿透淋了将近三个小时。

一会儿，终于看见龙旗飘飘，在锣鼓的声响中，皇帝的御船渐渐靠岸。通常情况下，只要是有可能看到皇帝的地方，太监都会用黄色的布围起来遮挡，而那里是没有任何民居的离宫进口，皇帝和嫔妃也就毫无顾忌地下船走上栈桥。

我有一架很棒的卡尔蔡司双筒望远镜，因而皇帝的一举一动我看得清清楚楚。

从第一艘船上走下的是光绪皇帝。他个子不高，很瘦，一副弱不禁风的书生模样。他的脸纤细而白皙，看上去就是在紫禁城深宫长大的贵人风貌。

皇后跟着一起下船。她给人印象最深的是长得比皇帝黑，而且还是长脸、龅牙。记者的观察是敏锐的，但说起来确实有点失敬——她长得真像一头骆驼。记得当时我按自己的印象请人画了一张骆驼的画登在《纽约时报》上，读者反响强烈。

第二艘船上走下的是两位妃子。她俩是同父异母的姐妹，都成了光绪帝的侧室。先下船的瑾妃胖得像头猪，个子矮不说，脸还大得像气球，快没脖子了。

摄影师温方和我开玩笑说，看到皇后和瑾妃立刻就腻烦了，看来做皇帝也没啥好羡慕的嘛！

但是，当我们一眼看见跟着"肥猪"和"骆驼"走上栈桥的另一位妃子时，我们立刻就想收回刚才说过的话了。说清楚点就是，当皇帝真好！

她就是珍妃。

在运河畔御船停靠的地方，到处是盛开的荷花。太监为珍妃打着伞，她在伞下静静地观赏荷花。

幸亏有那架卡尔蔡司望远镜，我们得以透过圆圆的镜片尽情地眺望珍妃。

其他妃嫔为了躲雨，都匆匆地坐上马车，唯有珍妃不顾雨水打湿了脚，看着荷花出神。

现在想来，那真是一幕意味深长的画面。

珍妃恐怕不仅是风姿秀丽，她还怀有一颗与荷花相通的出污泥而不染的纯净心灵。当然，这也许是我的主观看法。

你们知道满族妇女的传统发型"两把头"吗？

对，就是把头发束在头顶上，分成两绺，结成横长式的发髻，北京街头常常可以看到。外国人见了差不多都会吃惊地问，这是什么奇怪的发型？

确实，按照西方国家的审美观点，会觉得"两把头"和中国男子的辫子一样，再怎么看都是无法入眼的奇异风俗。

可是，就在我亲眼瞥见珍妃的那一瞬间，我体会到了"两把头"的美。

像翅膀一样结成的乌亮发丝上缀有许多绢花、珍珠和珊瑚，一边的发髻则垂着一条长长的红色穗子。

至于脸蛋，怎么说好呢？那是一种只有高明的画家才能表现出来的美。

鹅蛋脸，宽额头，一双满族人特有的柳眉，透出她的意志和聪慧。黑眼珠，细长眼，还是很深的双眼皮。她的鼻子略呈圆形，让人感受到东方人特有的温暖和可爱。她饱满的嘴唇就像含着一朵牡丹似的娇艳欲滴。啊，我再怎么使用言语，也无法形容她的美貌。

温方冒着倾盆大雨取出相机，不停地按下快门。他想用广角镜摄入珍妃的姿容，结果，不仅洗出来的相片都是黑的，连他的宝贝相机也因进水跟着坏掉了。

老温三年后死于义和团暴动，临死之前嘴里还喃喃着要拍珍妃的肖像照。

我见到珍妃就这一次。后宫的嫔妃是不轻易在普通人面前露面的，别说报纸记者，就连各国公使和他们的夫人应该也没有人见过她。

现在想起来，珍妃的美丽是一种不祥之兆。

光绪皇帝和西太后的侄女叶赫那拉氏的大婚是在1889年举行的。

按照满族皇室的规矩，嫔妃可以同皇后一起入宫。以这个国家按虚岁计算年龄的方法，当时皇帝十八岁，皇后大他三岁，瑾妃和珍妃姐妹则比皇帝小两岁和五岁。

皇后的父亲是满族镶黄旗人，桂祥将军，西太后的弟弟。而瑾妃和珍妃的父亲则是满族镶红旗人，户部侍郎长叙，相当于我们的财政部副部长。

如果让这三个女人站在一起，要皇帝挑选谁当皇后的话，一千个皇帝怕有一千个指名要珍妃吧？当然，若要问我，也是一样的选择。这就等于在问，你要选骆驼、肥猪，还是绝世美女做老婆？

话虽这么说，结果还是按照家世门第册立"骆驼"为皇后。哎呀，做皇帝也真不是一件容易的事。

在松平教授面前，我可能有点班门弄斧——说到这个话题，我忍不住要对满人贵族的八旗制度做点说明。

人们一般所说的"旗人"是个特权阶层，但和西方的贵族有很大的不同。

八旗是满族的社会生活军事组织形式。最初由努尔哈赤创立，黄旗、白旗、红旗、蓝旗四旗，后来因"归服益广"将四旗析设为八：原黄旗分为正黄、镶黄二旗；原白旗分为正白、镶白；原红旗分为正红、镶红二旗；原蓝旗分为正蓝、镶蓝二旗。这里的"旗"原是军事首领的意思。"正"是指旗帜的颜色是纯色的；"镶"是指旗帜边缘镶上其他的颜色。身为皇室的爱新觉罗家族是正黄旗，为八族之首。象征大清皇帝的黄色，大概也源于此吧！总之，清王朝的原型就是以狩猎游牧为生的关外女真族的"旗"的集合体。

所以说，满族旗人和欧洲贵族的起源是不一样的。嗯，奇怪的是，这和日本德川时期的"旗本"倒是十分相像（旗本：日本江户时代俸禄在1万石以下，500石以上的直属将军的武士——译者注）。

说到这里，皇后和两位嫔妃门第的差异有点清楚了吧？

现在，八旗的军事战斗力已徒具形式；而过去，隶属于八旗的满族正规军有三十万骑兵。

话虽如此，说起来，这是一个何等浪漫的国家！

三百年前的某一天，连文字都没有的满族骑马军团高举着各种颜色的旗帜越过了万里长城。他们打败了灭掉明朝的农民军李自成的军队，簇拥着幼帝顺治进入紫禁城。真不知北京的市民是带着怎样的表情迎接这批异族人的。

这些拥有着依靠骑射术锤炼出来的精悍躯体，有着浓密的眉毛和胡须，操着汉人听不懂的语言的满族人带着关外的光和风，开启了一个崭新的时代。

——要不要再来杯啤酒？

这青岛出产的德国啤酒就是好喝，是吧，大校？像这样引进欧美的技术，利用本地丰富的原料和劳动力生产出价廉物美的啤酒，出口海外也是绰绰有余。记得李鸿章说过一句话，为什么列强各国不在这样的经济控制上多动动脑筋？真蠢哪！

当然难度也是有的。比如需要建立关税制度，才能保护双方的利益。但是费尽心思开出了合资银行，却不培育重要的合资企业，难道是觉得相比之下，还不如依靠武力来掠夺更省事，彼得洛维奇总裁？

今天各位贵客特地上门，我却拿不出有价值的信息，真对不起。想想总得提供些有用的消息吧。我所掌握的信息是——

估计各位接下来就会去找与事件直接相关的人见面吧？我想，凶手的真实面目和珍妃的遇害经过，通过他们的证言是可以推断出来的。

我只是一个小小的报社记者，但我应该告诉你们只有我才知道的事情。

好，就从珍妃非死不可的原因谈起，如果她是被人杀死的，那就是凶手下毒手的动机。

珍妃身处飞短流长的深宫，说明白点，她是一个遭到很多人憎恨的女人。女人遭人憎恨的原因，首先让人想到的就是嫉妒，这是最充分的致死动机，不需要其他什么理由。古今中外，莫不如此。

珍妃入宫以后就受到光绪皇帝的宠爱。但奇怪的是珍妃一直没有身孕，我估计问题应该是在皇帝的身上吧。

就我所见，珍妃不仅容貌美丽，而且看上去身体健康，女性魅力十足，个头比小个子的皇帝还高。

听说皇帝几乎每晚都移驾珍妃居住的景仁宫，然后支开身边的宫女和太监，整夜享受两人世界。

皇帝对珍妃的宠爱，我是从熟悉的太监那里听来的。总之，珍妃入宫九年，皇帝一直独独爱着她，这样说，一点不夸张。

入宫那年，皇帝十八岁，珍妃十三岁，这或许是他俩的初恋，就这样持续着，火热而缠绵。

这对隆裕来说是无法忍受的。无论从年龄、家世，还是地位来说，她都处于优势，为什么就不能得到皇帝的宠爱呢？但是从旁人的眼光看，却看得很清楚。女人总是过分相信自己的魅力。哎呀，真是大伤脑筋！估计她会常常去姑妈西太后那里哭诉吧？

姐姐瑾妃大概也是一样的心思。她俩虽说是姐妹，但毕竟人心隔肚皮，再加上同为皇帝的妃子，想必她也有着和皇后一样的怨愤，觉得不公平。总之，这两位名为皇帝之妻却被皇帝冷落的女人，都会妒火中烧而因此发狂。

除了遭受嫉妒之外，珍妃还有一个容易引起周围旁人陷害的因素。

珍妃是个教养深厚、头脑聪明的女人，可说是才色兼备，就是我们说的wise and clever（聪明伶俐）。

不管怎样，她也毕竟是户部侍郎的闺秀，虽然地位不如皇后高,但是,她从小所受的教育与桂祥将军的女儿是完全不一样的。

各位只要想一想自己国家社交圈接触的人物就能明白,学者官僚的千金和军人家的女儿,她们的内在气质是不同的。这是很自然的事。

这个国家原本就有男尊女卑的传统,就是地位显赫的家庭,也不让女孩子读书识字,因为长大了用不上。女孩子能断文识字,那简直就是一种特异功能了。而珍妃和瑾妃却真是这样的女人。特别是珍妃,她所具备的教养完全可以同科举出身的进士一比高下。

皇帝从小接受的也是英才教育,大家都知道,他是个头脑清晰的人。撇开容貌风姿不说,从皇帝的眼光来看,他也更乐意选择珍妃,而不是皇后。因为价值观相同,彼此有共同语言。对男人来说,这样的伴侣是无可替代的。

有一个太监说,他常常看见皇帝在景仁宫的书斋里和珍妃面对面地读书。

这是一个非常有意思的证言。这样相亲相爱的两个人,就是一对很适合被称作伴侣的夫妇,这在中国几乎是难以想象的事。

英明的光绪皇帝开始实施新政时,他身边有开明学者康有为,另外还有在伦敦留过学,从小一块长大的皇亲——你们知道吧？就是那位镇国公载泽。皇帝屡次召见他，听他叙述西洋见闻，听说还悄悄地跟着镇国公学习英语和法语。恐怕珍妃也在一旁学习哩。

怎么，问我为什么会知道这些事？

不，这不是健谈的载泽说出来的。你别看他说话很随意的样子，其实他是个嘴巴很紧的人，不该说的话，他绝对不会多透露半句。

其实，那个时候，记者俱乐部时常出现一个奇怪的客人。这个人一个月总会来上一两次，而且都是很晚的时候悄悄上门，买回一大捆各国的报纸。从他的举止和走路的样子看，好像是个太监。

啊，有人说，太监身上有一股味道，老远就能闻到，还有他们走路的样子很笨拙，这都是乱说的吧？也许那些年老体衰或者被赶走的太监会这样，现在的太监根本不是这样子，他们举止优雅，身手敏捷，一眼就能看出。这也许同他们平时经常训练，有戏剧和舞蹈的修养有关吧？

有一次，大家都躲在一边那个像看台的地方，想验明此人到底是不是太监。这个太监进来后，恰巧坐在近处的座位上，然后就等男仆把报纸拿来给他。

《世界报》的记者正好认识这个太监，说他是个名叫兰琴的御前太监，在乾清宫，也就是皇帝居住和处理政务的寝宫当差。

他每次都是各买上两份各国的报纸。按我的判断，太监不可能阅读外国报纸，在后宫，除了皇帝，没有人有如此的学问。

那为什么要买两份呢? 显然，兰琴是先将一套《纽约时报》《世界报》《泰晤士报》和《万朝报》送到乾清宫呈皇帝阅读，接着再一路疾走，把另一套报纸送往景仁宫珍妃的住所。他可能是世界上最优雅的送报生。

看来，皇帝和他的妃子能看懂外文，而且还经常阅读外国报纸——这个推断令各国记者好一阵兴奋。

由此可见，在这个一味排斥西洋思想，固步自封坚守中华传统的无可救药的国家，堪称保守势力大本营的紫禁城，居然有人阅读《纽约时报》《世界报》，而且读者还是大清帝国的皇帝和他美丽的妃子!

所以，我们不顾自己国家政治势力的反对，一心一意支持光绪皇帝的维新改革，愿意豁出性命与义和团团民作战，牺牲大批记者和摄影师，道理正在于此。

我们……就算牺牲性命也要守住我们的读者。

十年、二十年，我们写下的无数报道被这个东方国家弃如敝屣，却在重重宫墙的深处拥有两位读者。

义和团事件发生的时候，我们之所以能在记者俱乐部坚守五十五天，力量也正源于此。新闻记者，就是这样一群人。

各位应该明白了吧。那天，当放下相机拿起手枪的温方被义和团团民斩首的前一天，还念念不忘想着要拍珍妃的照片，摄影师，也是这样一群人。

早晨喝点酒能解宿醉。苏格兰威士忌应该行吧？

我所知道的就这些了。

总之，我觉得，光绪皇帝抛弃一切传统陋习，模仿日本明治政府为建立现代化国家而推行的戊戌变法，其背后有个名叫珍妃的重要人物在为他出主意。

她是变法的同道中人，皇帝和维新派官僚的智囊成员。

这个推断应该离现实并不太远，你们说呢？

维新变法被西太后镇压后，光绪帝被幽禁在南海四面环水的瀛台，与此同时，珍妃也被关在紫禁城北边的冷宫中，这是为什么呢？

众多仁人志士被杀害，连皇帝也被囚禁了。如此大事变中，是不可能掺有什么嫉妒之类的私情在里边。

珍妃就是被当作参与维新变法中的一员遭拘禁的。

西太后并不会因为有自己的侄女哭诉在前而憎恨珍妃，这是毫无疑问的。她绝不会参与这种婆媳争斗之类的角逐之中。能将一个摇摇欲坠的清王朝支撑长达半个世纪之久的政治家，不会是如此小肚鸡肠的人。

相反，倒是西太后惧怕珍妃。

为什么呢?

请回顾一下近五十年的历史。曾是咸丰皇帝侧室的西太后，后来参与政治，成了皇帝首屈一指的智囊。咸丰帝驾崩后，她又成了同治、光绪两朝的实质政权掌控者。

西太后恐怕是这个男尊女卑思想根深蒂固的国家中唯一懂得女人的能力绝不亚于男人的人。

对西太后来说，珍妃是个可怕的存在。这个聪慧、美貌，将皇帝的宠爱集于一身的满族美女就像过去的她。

我们假设西太后也有嫉妒之情，那可能是她将以前老太后嫉妒自己的幻影投射在了珍妃的身上。

但是，这种非同一般的情感能称作女人的嫉妒吗?

作为一名记者，刚才我所说的如果算得上证言的话，那也就差不多说到这个程度了。

啊，现在正好是总理衙门记者招待会结束的时刻。

记者们快要回来了,一回来他们得快速向自己的国家发电报。在这里坐太久会有麻烦。

珍妃死了已有两年。

当我们得悉这个消息时——啊,我想起来了!那天正好是中国农历的九月九日,重阳节。

那天晚上,喝得醉醺醺的《世界报》记者把一束洁白的菊花放在壁炉上,边上还放着自己国家寄来的两个月前的报纸。

大家都沉默不语,纷纷学着他的样子,供上花,放上自己国家的报纸。

我在窗边的沙发上一头躺下,心不在焉地看着《纽约时报》。一会儿感觉心头有点闷,便将报纸盖在自己的脸上装作睡着的样子。这倒不是记者发泄悲情的方式,也不是因为和报纸一起送来的算是发奖金的波旁酒,而是那张报纸上登载的一幅面目全非的纽约风光照片引起了我的悲哀感。

那是一张从新泽西城眺望曼哈顿区的风景照,这和我所了解的纽约有着太大的区别。我记忆中的曼哈顿是一幢幢红瓦木屋错落有致的景象,而不是哈德逊河畔处处都是高达五百英尺的摩天大楼。

那个轮渡码头还是老样子。记得我十四岁时身背装有内衣和黑麦面包的麻袋,头戴一顶松垮垮的鸭舌帽,就是从那里上的船。那是一个寒冷的冬日,油烟和蒸汽熏得我直流眼泪,我茫然地站在码头上不知所措。

我拼命学外语,并不是想成为一名记者,而是不愿因我的得克萨斯的乡下口音被同事讥笑。不管是学东部口音,还是学法语和汉语,对我这个在西部乡下长大的人来说,没什么不同。但我却无可救药地爱上了纽约。百老汇、华尔街、布鲁克林大桥、市政厅公园、纽约东部的黑人区……只要能让我抱着膝盖静静地眺望,我就满足了。星期天我也不去教堂,就一整天蹲在街头望着来来往往的人群和马车。

过去只用区区二十四美元就能从印第安人手里买下的曼哈顿,听说现在一英亩要四十万美金。看着照片边上的说明,真让我难以想象。

我有一个梦。这个梦也许太过天真,各位愿意听我说吗?

我梦想着能有一天带着爱读我写的报道的恩爱夫妇载洺和珍夫人,搭上太平洋航线的客船前往纽约,回到我阔别二十五年的故国。

到了纽约后,我就带他们到我最喜欢的纽约三一教堂再举行一次仅他俩在场的婚礼,然后登上摩天大楼,俯瞰美丽的曼哈顿。

这个梦想怎么样? 照我的想法, 如果可行的话, 这两个人与其改变自己的国家, 还不如抛弃一切, 逃往地球的某个角落享受两人世界更强一些。

重阳节的那天晚上, 我躺在沙发上注视着《纽约时报》上的那张风景照片, 眼泪不禁流了下来。我的梦想就这样眼睁睁地破灭了。

珍妃死了, 我的纽约也跟着不见了……

我说了太多自己的感想, 真的很抱歉, 不知我的话对你们是否有帮助?

不行、不行, 我喝醉了, 又要被其他记者骂了!

"喂, 托马斯, 别再喝了! 再喝就背你到刀子匠那儿让你当太监去!"

啊, 对了, 说起刀子匠我又想起了很多事!

在这儿, 刀子匠指的就是专门制造太监的人。如今干这一行的人已没什么生意, 几乎都关门大吉了。

还记得我刚才说的御前太监兰琴吗? 他就是光绪皇帝的贴身太监。听说戊戌政变时, 他也吃了不少苦头, 所幸没有丢掉性命。他现在躲在老公胡同的富贵寺, 那是一座废弃的破庙。

你们去找他问问吧，一定能获得更详尽的信息。

这样，我把地址告诉你们，那个地方可不太好找。

啊，汉斯，你回来啦？

——切，糟了！快把这张地图拿去，喏，老公胡同就在这里。

啊，我没事。最近手气不好，麻将老输，四处借钱，真怕有人来讨债。各位继续行动吧！嗯，一百万两，分九十九年还清，立下字据，该没话可说吧？

Goodbye, everybody!

*

坐在空间逼仄的马车上膝盖碰着膝盖，四位贵族都紧绷着脸，一声不吭。车内太闷热了，但是一打开车窗，火辣辣的阳光就直射进来，热烘烘的如同置身于地狱中。

索尔兹伯里连忙关上车窗。

"老公胡同这地方是不是很远，大校？"

身躯肥硕的赫伯特·冯·施密特和同是大胖子的彼得洛维奇坐在一起，一脸苦不堪言的表情。

"糟透了！我们急着上马车却没仔细确定方位。喂，车夫！方向没错吧？"

索尔兹伯里竖起拇指点头说："他是麦克唐纳公使的车夫，

不会弄错方向的！"

刚才记者们一下子全走了，他们只得拿了托马斯·巴顿给的地图，匆匆坐上马车，并把地图交给了那个中国车夫。

好热！光是瞧一眼施密特那紧扣在军服衣领里的肥粗脖子就够人冒一身汗了！而坐他边上的彼得洛维奇总裁看起来更让人难受：那像熊一样的火红胡子和猪肝色的脸膛，还有不知为何大热天却戴着缀有动物尾巴的皮帽，穿着貂皮大衣，这样的穿戴居然没有任何流汗的迹象。

"公爵阁下，您不热吗？"显得有点焦躁的索尔兹伯里问道。

"会热吗？"

彼得洛维奇的回答让人哭笑不得。俄国人大概体温比较低吧？

"被你这么一问，倒有点热了！需要脱吗？"

"这个，怎么问我呢，公爵？"

"北京初秋的天气早晚温差大，总是考虑如何增减衣服是件麻烦的事，所以干脆就穿冬天御寒的衣服，这样省事得多。"

真不敢相信，难怪刚才在记者俱乐部他也始终没改变装束。这个俄国佬！

"脱掉会舒服些，这车太窄小了！"

彼得洛维奇像熊一样地站起身，脱去外套。顿时，刺鼻的体臭在车内弥漫开来，索尔兹伯里不由得捏住了他的鹰鼻。

彼得洛维奇并不在乎别人不满的眼光："这样还是挤啊！要不明天我的马车也出动吧，非得两驾马车才行！"

其实，并不是马车窄小，而是乘客的个子太大。四个人中唯独松平教授瘦小得像个儿童。如果出动两驾马车的话，动静太大，所以只能这样四个人挤在一辆马车上。

松平教授双手握拳搁在膝上，自始至终紧闭着双眼，好像在坐禅冥思。

"教授，您是身体不舒服吗？"

"不，我只是在回想刚才托马斯·巴顿说的话。"松平教授用流利的英语答道。

"您热不热？"

"还行。"

日本人就是这样，不愿多说话，而且说起话来只动嘴唇，不会眉飞色舞，更不爱用手脚比划，就像说腹语的人偶一样。

"把整件事情归纳起来，那就是——"松平教授眯起他本就细小的眼睛看着对面的彼得洛维奇，将英语换成了法语，"首先，西太后不是凶手；其次，因为和戊戌变法有很深的关联，珍妃才招来了杀身之祸；还有，她还被其他嫔妃所嫉恨——大概就这些了吧！”

索尔兹伯里觉得，托马斯·巴顿的废话太多。

不愧是教授，脑子好使。刚才托马斯·巴顿说了很多不相关的话，所以要记录也没法记，若说收获，确实就是松平教授归纳的那几个要点了。

施密特一边解开风纪扣，一边说：“他是站在新闻记者的立场作出的分析，很有说服力。但他说珍妃被害事件与西太后无关，我觉得这只是他的个人主观推断，不足为信。”

“不！”彼得洛维奇反驳的声音有点嘶哑，“我曾蒙西太后几次召见。我觉得托马斯说的话是对的。西太后是个胸襟开阔的人。就像刚才那家伙说的，只要把责任推在西太后身上，无论什么事都可化险为夷。所以，凶手应该是另有他人。”

彼得洛维奇曾受到西太后的召见？这倒是第一次听说。不过，那是有可能的。太后是亲俄派，用接近俄国来牵制其他列强，这是西太后和保守派一贯的做法。

“教授，您的看法呢？”

厚重的镜片下，松平忠永有气无力地睁开他那狐狸般的细眼，然后叹了一口气，摘下头上的大礼帽放在并拢的膝盖上拨弄着。一头油光光的中分头发，看着越发像个盛气凌人的孩子。

"那个记者说的话中有很多令人感动的地方。和他外表给人的印象不同，他是个很诚实的人。当然，就此断言西太后是清白的，也还为时过早。"

坐在对面的彼得洛维奇一脸不快地用眼瞪着他，教授却只管自己继续说下去："公爵阁下在职务上，或者说在外交关系中掺入了太多的个人感情。我们昨天不是说好了嘛，彼此之间一定要以信义为重。"

"可我没觉得背弃了信义呀，教授。"

"不，阁下现在是站在俄国的政治立场上看待问题。如果不带任何偏见来考虑，显然最为有力的结论就是，西太后是凶手或者幕后指使者。通常人们都会这么认为。说起来，报纸这种舆论工具，既有对体制奉承巴结的人，也有不服抗争的人，在两者的平衡中完成使命。托马斯·巴顿显然属于后者。所以，他的观点只能说是把假设当作正确论点来确定的意气用事。"

"照这么说，所谓学者这类人，不也都是一样意气用事了？"

"是的。所以我才会知道托马斯·巴顿所说的一切都不过是假设。可公爵阁下却不顾一切地支持托马斯·巴顿的意见，这究竟是怎么回事呢？"松平忠永孩童般的手在彼得洛维奇眼前挥舞着。

"我想这一定是因为，如果西太后受到国际谴责的话，对俄国十分不利。因为尼古拉沙皇和西太后有很好的交情。"

"乱扯淡！"

施密特伸出双手试图将两人劝开，一旁的索尔兹伯里则睁大了惊愕的眼睛。他万万没想到，一个瘦小的绅士竟会像突然拉下面具的演员一样，一改原先的古板表情，口中说出一连串严厉的话语。

"这只狡猾的猴子！"彼得洛维奇咕哝一声将脸转向了窗外。

"你才是没大脑的狗熊！"松平忠永回敬了一句后也移开了目光。

糟了，这下糟了！索尔兹伯里咬着嘴唇。眼前这两个吹胡子瞪眼的人不就像现在的日俄关系吗？隔着日本海峡，战争一触即发。他向施密特使了个眼色，意思是我们要注意不要太情绪化。

"各位，"他蓝色的眸子充满了平静，"调查才刚开始呢，你们就这样了。我们还不知道接下来是什么人，会提供怎样的证言。如果我们每次都这样争执的话，那怎么来找出凶手呢？让我们再回想一下昨晚的誓言吧！我们现在是在为建立立宪帝政这一理想国家体制做出努力，并不是在相互指责哪个国家怎么样，是吧？"

北京的街头很热闹。将京城破坏殆尽的义和团事件已过去了两年，逃往西安的太后和皇帝也都已经回来了。

现在的当务之急是维持东方的帝国制度。

施密特低声说："我们所憎恨的是颓废的自由主义者和死对头共产主义者，对不对，公爵阁下？"

谢尔盖·彼得洛维奇沉吟了片刻，向松平子爵伸出了他的大手。

"以后我们彼此都注意吧！"

"对不起，阁下，我也说得有点过分了！"

马车在街上疾驶着，走到一个路口转了个弯，驶入一条两旁民宅鳞次栉比的窄小胡同。

徐徐前行的马车越往里走，越有一种误入迷途的感觉。眼前是一长溜破败的砖墙。头顶上的树枝越来越密，四周慢慢暗了下来。

"这真是令人毛骨悚然的地方……"索尔兹伯里望着已成一片废墟的破庙嘟哝道。

"老公胡同的老公指的就是太监。这一带应该还住着不少退下来的老太监。"松平教授说。话音刚落，一股食物腐烂的恶臭味飘入了车厢。

　　一会儿，马车在一座快要倒塌的门楼前停了下来。门楼前，一棵很大的枣树将天空遮得严严实实。

　　紧闭的门扉贴着一副旧对联。仔细辨认，只看出开头的"富""贵"两个字。

　　在瘴气弥漫的富贵寺前，四位贵族走下了马车。

第三章
老公胡同
——原养心殿御前太监兰琴的证言

您好，欢迎来访！

只是，各位都是有着尊贵身份的洋人，却坐着马车特地跑到这样旮旯的一个破庙来，究竟为的什么事呢？

一、二、三、四，四位大人哪！

唉，我的眼睛一点儿也看不见了。眼瞎到现在已经有四年了。刚开始的半年到一年光景会感到很不方便，但慢慢习惯了黑暗以后，也就不会觉得有什么妨碍。

或许我可以说，我能看见别人看不见的东西，听到别人听不到的声音。比如现在，对各位的问候我能一一应答如常，对身体健全的人无法知晓的事情了如指掌，这连我自己都觉得不可思议。

东洋鬼子——啊，失敬、失敬——日本人好像汉语都很好，倒是第一个和我握手的英国人一点都不会，拜托您在必要时为我做一下翻译。

另外两位大概能听懂我说的话吧？我会尽量用浅白的话表达，如果有不明白的地方，请你们不要客气，直接提出来。

我的名字叫兰琴，字红祥，正式的宫号是"寿红"。我服侍的光绪皇帝陛下爱唤我的本名"兰琴"，所以宫里的人也就都跟着习惯叫我兰琴。

我生于光绪二年十二月，也就是公历1876年，算起来我已经二十七岁了！

很惊讶我还很年轻，是吧？太监一旦被免职，就一下子衰老了，这也许是因为一下子切断了精力源泉的缘故。幸运的是，我已看不到自己的老丑模样了。

各位都知道大总管太监李春云吧？对，就是在太后身旁贴身服侍的那位管理后宫两千名太监的大总管"春儿"。

他和我是差不多时间一起进的宫，也就是在光绪十四年，公历1888年那一年。我们是换了帖的结拜兄弟……啊，别提了！我们的境遇是天差地别，所以也没啥好说的。

我怎么会沦落到现在这种境地？

唉，这是我直到现在都不愿去回想的一件事……

啊，请别担心。既然各位来我这里询问珍妃娘娘的事，我就绕不开要说说我这个在她身边侍过多年的人的一些经历。

是的，皇上得罪了太后，一夜间天翻地覆，那是戊戌年发生的事。

整个政变的经过，我想各位应该很清楚吧？皇上想和开明改革派官员一起，造就一个能和列强并驾齐驱的现代化国家。为了精简叠床架屋般臃肿得出奇的官僚衙门，重整法律，废除科举制度，直至将来召开议会，建立一个像日本、欧洲那样的君主立宪制国家，光绪皇帝开始实施他的新政。

以前人们都说，百日维新像流星一样，一眨眼就没了。确实，以我这个在万岁爷身边服侍多年的太监的观察，皇上亲政的百日间，一切都太急躁了。

皇上好不容易获得这样的机会进行改革，他求好心切，所以就像搭在弦上的弓箭，迫不及待地要朝着理想迈进。

那时，皇上每天天还没亮就醒了，喝茶用餐都是草草了事，然后急着前往懋勤殿，商议建立维新大政的事。

有时，皇上甚至等不及来寝宫接他的銮驾，亲自步行前往懋勤殿。

此时，与乾清宫只隔着一个内院的懋勤殿里，早已聚集着一批和皇上怀着同样理想的年轻官员。皇上一到，大家便立即唾沫横飞地议论起来。

皇上亲政后，就不愿意在乾清宫那里高高在上俯视众臣。他在懋勤殿的平地上放了一张圆桌，和他的维新官员一起平起平坐，共同议事。皇上把日本的明治维新当作典范，打破旧有的陈规陋习，君臣一心，勤勉执政。他的这个良苦用心本身并没什么可怕，但在一旁伺候的我，说实话，却看得胆战心惊、冷汗直流。

我这样随口说出的话，不知对皇上有没有冒犯失敬的地方。

但在我这个对政治完全不懂的人眼里，确实就是这么个样子。某位官员按着自己的想法提出一个策略，大家激烈争辩，交换意见，然后就成为建设新国家必需的国策，用皇上名义起草诏书，最后万岁爷亲自写下朱谕下达诏书。按这样的程序，有时一天要下四五道诏书。

依我看来，中国绵延四千多年建立起来的传统礼仪和风习，不是拍拍脑袋就能轻易改变的。

比如一大早有人提出要改革地方衙门的征税问题，一阵讨论之后就下达诏书，由军机处快马报送。但是，到了下午又有异议了，弄出了新的结论。结果，皇上写下了意思完全不同的朱谕。于是，为了将前一道快马报送的诏书追回，只得拍发电报。我们且不去说他下达的国策是好是坏，单是看这样朝令夕改，就难免会造成混乱。

照原来的制度，一项政策出台要花相当长的时间。先在官署的尚书大臣手头反复酝酿，随后转给军机处的各个大臣和大学士，得到认可后才能发布。但是意欲改革繁文缛节制度的皇上和各个维新派官僚，却绕开六部九卿，将诏书直接传给地方上的总督和巡抚，或者是基层处理实际事务的官员和前线的将领。而且，这些诏书所反映的内容，也常常是一些不经过深思熟虑，想到什么就说出来的东西。

最早提出这些新政的往往就是康有为先生。

维新变法的祖师爷康先生深受皇上敬重。康先生确实是个天才人物，他一个接一个地提出新的施政策略，就像泉水涌出一样。康先生的弟子谭嗣同，对于维新变法也充满了热情，常见他挥舞拳头，慷慨陈词。皇上立刻就被这些人说动了，拿起朱笔定下了一道道新政。

开始的时候，礼部的年轻官员梁文秀等人还会表示异议，提出不能操之过急啦、要三思而行啦之类的说法，但是到后来，草率而成的诏书越来越多，再加上还得对来自皇室和朝廷大官的不满好言劝慰，出了纰漏忙于补台、收拾残局，靠科举选拔脱颖而出、状元出身的梁文秀被搞得焦头烂额，最后干脆不再出席在懋勤殿召开的会议。

少了直言不讳的人之后，粗糙的诏书也越来越多，这把梁文秀忙坏了，还形成了恶性循环。动静闹大之后，被隐居在颐和园的西太后发现了。太后大发雷霆，皇帝刚颁发了诏书，太后就跟着下达懿旨，大概意思是："皇帝在他的诏书中说了诸如之类的事，这是错的。应该如此这般地去做。钦此。"

于是，官场出现了"圣旨"和"懿旨"互相打架的情况。官员接到"圣旨"和"懿旨"后左右为难，无所适从。但有一点很清楚，他们内心里对皇上搞维新的很多人是缺乏信任感的，倒是对已掌握了半个世纪、延续三代皇权的太后发出的"懿旨"不敢违逆，而且还觉得"懿旨"中说的在理。

我是光绪陛下的贴身太监，亲眼看见政变发生后，很多革新派官员被杀了头，连皇帝也被软禁在南海瀛台，所以我十分憎恨太后。

但是，就算如此，让我看来，还是觉得戊戌变法只是个缥缈的理想而已，它逃脱不了失败的命运。如果当时太后不断然发动政变，国家大概会乱到不可收拾的地步。

在皇帝实施新政的一百来天时间里，一直在颐和园随侍太后的我的结拜兄弟李春云多次到我住处看望。

春儿是太后最宠信的太监，他的地位就像我在养心殿时一样，是"御前掌案"。

太监有很多等级，掌案就是宫中领班内官，地位仅次于总管、副总管，相当于正三品的高官。

春儿常把我叫到前门外的茶馆和饭庄，喝酒杂谈的同时，会假装有意无意地打探皇上身边发生的事。

各位可以想见，我们这对结拜兄弟，因为分别跟随了帝党和后党这两个不同的主子，当时的内心是多么的苦恼。

我们相互间不得不故弄玄虚地说谎。想想十年前，我俩在京城的一个垃圾堆边不期而遇，互相怜悯着彼此伤痕累累的身子，口中骂着各自的主子；而现在已非当时同日而语，春儿得到了太后的宠信，而我则屡次得到皇上提拔，两人成了太后宫和万岁宫最发迹的人，是两千名太监人人羡慕的对象。

我估计春儿这次找我，是带着太后的密令而来，所以对他装着喝醉的样子无意中提出的问题，我也假装喝醉了酒支开话题，或者故意说些言不由衷的谎言。

黄酒容易醉人，但我们绝不会轻易喝醉。是的，我们是阉人，是用身上的一部分肉体去换取立身之命的地位卑微者。可别忘记，就算是这样的人，我们嘴里说出的一句话，或者做出的一个表情，一不小心也会牵动整个天下。

至今想来，当时我算保持着清醒的头脑，守口如瓶，只有一件事除外。在那个闷热异常的夏夜，借着酒劲我说漏了一件事。

当时，我们为揣摩彼此的心思饮酒对酌。春儿重重叹了口气说："兰琴，咱不干了吧！我们再怎么尽心尽力服侍老祖宗、万岁爷，也改变不了什么。再这样下去，我们之间的友情总有一天会毁掉！"

我比谁都清楚，春儿是个待人诚恳的人，如今成了大总管，就有很多人在背后说他的坏话，这都是因为妒嫉他吧！

前几天，我在街上碰到一个熟人，他就说："兰老爷，你不郁闷吗？原本应该你坐的大总管位子，却被那个爱奉承巴结、遇事见风转舵的春儿坐去了！戊戌政变就是那个混蛋捣的鬼。他在老佛爷面前胡说八道，陷害皇上。你知道他为什么要这样做吗？就是想早日坐上大总管的宝座！"

为了我结拜兄弟的名誉，我得为他说句话。不管怎么说，春儿绝不是那种人！他能当上大总管，完全是靠他自己的努力，也是他阴错阳差命运遭遇的结果。

那个闷热异常的夏夜，我记得我们是在前门外的高级饭庄"惠丰堂"一间包房里吃饭。

春儿一脸认真地说："这种事，我们不干了吧！"

在明晃晃的灯光照耀下，春儿还是学徒时候的那张纯真的笑脸。

窗外吹进一阵阵凉风，将门口的绢质布帘掀得一飘一飘的。

我们喝酒吃菜，畅快地聊着无关痛痒的话。咱俩虽然已经是告别了男人的太监，但原本却也是堂堂的男子汉。所以，海阔天空地聊到最后，总会进入淫猥的话题。

这么说，各位也许会感到意外。其实，太监很喜欢谈论这类乱七八糟的东西。我想，这大概是想借着这种谈论，尽情展开对那方面憧憬的思绪，暂时满足我们身上缺乏的那部分欲望吧？

比如某个宫女与外朝的谁谁苟合之类的传说，哪个王府里的夫人因难忍空闺寂寞叫来太监用舌头做全身爱抚等等诸如之类的话题，或者谈论一些出没于神武门外，专门为太监提供性服务的暗娼绝技。

就这样，我们百无聊赖地说些无聊破事，不知不觉地竟然说起了皇上的房事。

过去，大清皇帝都拥有许多嫔妃。一个奇怪的做法是，每晚临睡前，敬事房的太监会将皇帝指定当晚侍寝的妃嫔一丝不挂地用白绢包裹住背到皇帝的寝宫，然后皇帝亲手解开白绢包，里面不着寸缕的美人便是他今夜临幸的对象。以前有种说法，说是想出这个办法是为防止妃嫔身藏利刃或毒药谋害皇帝。不管怎么说，这还真是一个香艳的惯例！

但是，光绪皇帝并没有沿用这样的做法。除皇后外，他的嫔妃也只有两个人，就是珍妃和瑾妃。

每到晚上，万岁爷都会说明今晚他要去哪位嫔妃的寝宫。通常情况下，万岁爷都是起驾前往珍妃的景仁宫。

皇上厌恶注重繁文缛节的敬事房太监，所以动身时，他一般都是吩咐平时照料自己生活的养心殿御前太监同行，直接起驾景仁宫。

当然，他也无法忍受敬事房按惯例在每次皇帝临幸嫔妃后详细记录情形的承幸簿。

皇上什么时候起驾，和嫔妃说了些什么话，临幸的顺序怎样；皇上是否在嫔妃体内留下了龙种，他都说了些怎样的感受，是满意还是不满意，对此都要正确无误地记下来。这一已传了无数代的陈规陋习，万岁爷深恶痛绝。

每当銮驾在景仁宫门口停下后，皇上便自己下轿走进宫里。此时，他定会站在院子喊一声："朕回来了！"

珍妃闻讯便会支开身旁的宫女、太监，只身趋前迎接。她走下台阶向皇上请安后说："你回来了啊！"

我已记不清他们是从什么时候开始用这种互道问候的方式见面的。据我的猜测，皇上可能是从珍妃那儿获知，在普通官吏的府邸，丈夫回家时，都是以这种方式招呼妻子的，所以他也照这个样子做了。

"朕回来了，今天一切安好吧？"

"啊，你回来了啊！"

说着，两人笑脸相向，皇上牵着珍妃的手缓步登上台阶。

景仁宫的墙是朱红色的，与院子里燃起的篝火交相辉映，照射在两人白皙的脸上。他俩站在台阶上互相凝视的模样，看上去恰似一对艳丽的牡丹花。

我把他俩送进卧室，敬上香茶和点心后，便退入邻室待命。当关上门的那一刻，往往就能听到两人迫不及待要说的话。

"我爱你，五妞儿。这世上没有谁能比得上我的爱，我只爱你一人！"

"载湉，你是我心爱的人！"

一阵令人窒息的沉默之后，两人便开始他们亲密的交谈。那样子完全就像是市井普通百姓的夫妻或恋人，甚至于更无拘束。

有的时候他们还以外语交谈，用的是英语，法语，还是德语？我是一点都听不懂。他俩到底是什么时候，在哪里学的洋文呢？

交谈的内容，我猜大多是有关列强各国涉及中国的动向，西方各国的政治、经济、军事方面的学问吧？还有就是当天懋勤殿维新派讨论的政治议题。

当时我就想，珍妃也许就是万岁爷当今世上唯一一个可以平等交流意见的伴侣吧？

维新变法就是主张平等交流意见，在实际改革中也正是这么做的。但是要彻底废除君臣之礼则非一夕之功可为。而皇上和珍妃却可以在寝宫里无所顾忌地畅所欲言，谈论政治议题。

他们往往谈论到深夜，说累了便一起躺进被窝。

"我爱你，五妞儿。这世上没有谁能比得上我的爱，我只爱你一人！"

"载湉，你是我心爱的人！"

两人在枕边的窃窃细语让人听了脸红耳热，我想这里也就没必要再细述一遍了吧！

那天，我就是这样带着醉意，把皇上和珍妃的闺房秘事原原本本地告诉了春儿。

时至今日，就算后悔也无法挽回了。

其实，春儿也不是特意向太后说这件事的。那天晚上，在"惠丰堂"的包间里，我边斟酒，边将我看到的皇上和珍妃和美融洽的情景掺入我的感动说给春儿听，春儿也是很有感触地听着。我相信，对这件事谁都没有恶意。

我这个当年的三品御前太监，现在却栖身于老公胡同的破庙，天天晚上还要到西单牌楼十字路口拉胡琴卖艺以维持生计，对此，各位不知作何感想？

还有我这双溃烂不堪的丑陋瞎眼……

现在就要说到我至今都不愿去回想的那天晚上发生的事了！

真是忘不了啊。那天是戊戌年九月二十一日。深更半夜，皇上和珍妃已经歇息，我也在景仁宫的候客间睡下了。突然，一阵铿锵作响的刀枪声将我从睡梦中惊醒。

"兰掌案,快醒醒! 出大事了! "

将我从床上拉起身的是养心殿首领太监聂八十。聂八十虽然还是个不到十八岁的年轻太监,却深得皇上信任。我升任掌案后,他就继任我的位子,掌管养心殿的御前事务。

"什么事啊,小声点,万岁爷还歇着呢! "

"您没听到刚才的声响吗? 出大事了! 快把万岁爷叫起来吧! "

脸色苍白的聂八十催促我说。凝神细听,果然有铠甲互相碰撞和刀剑在鞘子里碰得咯嗒咯嗒响的声音,还夹杂着士兵的叫喊声。

"老祖宗从颐和园回来了! "

"太后陛下? 怎么会在这个时候回来? "

"荣禄大人的禁卫军已将养心殿团团围住,奴才是冲破包围才跑出来的! "

听到这里我全明白了,看来事态严重了!

大家知道,荣禄将军是太后的心腹,是维新派最大的政敌。当时我曾听说有这样一个计谋,就是先把皇上亲政的绊脚石荣公诛杀,再用兵包围颐和园进谏太后。那个时候,文武百官都是听从太后的懿旨，皇上和维新派的诏书被视如一张废纸。维新派已被逼到不得不诉诸武力的地步了。

糟糕的是，诛杀荣禄、软禁太后的计划被泄露了。这个时候太后突然回宫肯定与此事有关。太后要先发制人动用军队拿维新派开刀了！

"兰琴，外面吵吵闹闹的，发生了什么事？"

里间传来皇上的询问声。我和聂首领连忙跪在门口叩头道："奴才回万岁爷，刚才是老祖宗从颐和园回宫，请万岁爷和珍妃娘娘起床准备迎驾吧！"

皇上和珍妃似乎已明白怎么回事了。两人在悄悄地谈论些什么之后，皇上开了门。他满脸失意的样子，身子还在不住地颤抖。

"糟糕，这下该如何是好？"

我和聂八十束手无措，不知说什么才好，只一心想着要保护皇上和珍妃的安全。

"奴才回万岁爷！事已至此，还是请万岁爷跪在老祖宗面前，说您对老佛爷及荣大人绝无加害之心，这一切全是康有为和维新派的一伙人自作主张、自以为是。奴才恳请万岁爷万万不能大意！"

皇上脸色铁青："让朕把责任都推在他们身上？"

"正是。这个时候弄出那么大动静说明老祖宗是怒不可遏了,当务之急是要设法让老祖宗息怒,让荣大人退兵。"

"这不行!"里间传来珍妃的说话声,一会儿,珍妃睡衣外披着一件立襟斗篷站在皇上后面。"就算革新失败了,也不能弃同甘共苦仁人志士之命于不顾。臣子同样拥有一颗忧国忧民的心,他们的生命也是一样的宝贵。"

我突然发觉,在手提灯笼的映照下,珍妃的脸庞是何等的美丽、高贵!她的脸影渐渐和从前辅政咸丰的年轻太后的脸叠在了一起。

"那接下来怎么办?"

皇上和我差不多同时出声问道。

"现在我们能做的事只有一件,让臣子带着皇上的圣旨赶快逃走。他们肯定会遭杀害。皇上就请交给我吧!兰掌案和聂首领立即出城,把发生的一切通知康有为、梁文秀、谭嗣同和其他所有参与变法的人。现在各国对变法都是抱着支持的态度,所以可让他们先躲进东交民巷的外国公使馆,以后再设法逃亡海外。告诉他们,这是皇上的安排。"

我们对珍妃有条不紊下达的指示感到有些畏惧,她冷静的判断,过人的魄力,简直就像不亚于男人的西太后。

皇上沉吟片刻后，点了点头："对，朕就是这个意思。这是圣旨。聚集于懋勤殿的臣子的命等同于朕的命。告诉他们，千万不可掉以轻心麻痹大意！快、快去！全靠你们了！"

我和聂首领退下后，趁着夜色从东华门出城，然后分头将这次政变和皇上的旨意告诉了各位维新志士。

但就在这个时候，荣禄将军的追兵也正好从神武门出城，扑向各个维新志士的家抓人。结果，康有为、梁文秀等人因为我们先到一步接到通知逃过一劫，但仍有很多维新志士躲避不及遭抓捕，也有不少人不听劝告，宁可束手被抓，不愿逃走。

天还没亮，皇上就被移驾南海瀛台，进出那里的唯一一座吊桥被拉了起来。而珍妃则被关在紫禁城北隅的一座冷宫中。

那天晚上的经过，大致就是这样。

当时，我和聂八十都将生死置之度外；而意在实现现代国家的光绪亲政，也只维持了短短的百来日，就像一个梦想一样破灭了。志士们一个个被杀了头，连皇上都成了阶下囚。我的官位听着唬人，其实不过是爱新觉罗家族的奴仆而已，我们这些太监是脱不了干系的。当然，我也根本没想过要置身事外。

那天晚上，我和聂八十除了帮助维新志士逃脱官兵的缉捕外，还一家家地去通知有可能受牵连的官吏和商人。

天渐渐亮了，街上满眼都是巡逻的官兵。到了下午，古装装束的禁卫军和袁世凯新建陆军的精锐部队汇合在一起，封锁了已有维新志士逃入的东交民巷的路口。

城里到处立着告示牌，骑兵在四处散发传单。

"倘将借变法之名祸国殃民之逆贼报与官府者，赏银五十两；亲自捉拿逆贼送至官府者，赏银一百两。投案自首者，罪减一等；合伙共谋之官吏，为逆贼筹措金钱提供食宿者，与之同罪，满门家眷，与此同罪！"

看着告示上的字，真是字字惊心。这样看来，百日维新期间，曾目睹甚至参与皇上和众多维新志士革新行动的我和聂八十也是命悬一线了。而且，像我们太监这种人，出了京城根本就没有寄身之处，因为我们选择的是抛弃人世、放弃做男人的立身之道。

我俩漫无目的地在条条胡同间彷徨，聂八十平静地说："兰总管，奴才想回城里去了。反正该做的我都已经做了，回去就算被五马分尸，砍掉脑袋，我也没一丝一毫的后悔了。您有什么打算？"

我心中其实也已经作了决定。与其回城被慎刑司的人折磨得死去活来，还不如登上能眺望紫禁城的景山自我了结。

皇上和珍妃要不了多久也会一样牺牲性命。因此，我还是仿效为明朝崇祯帝殉身的太监，先走一步，为主子的冥途开道。

我表达了自己的意思后，聂八十脸色大变，他劝阻我说："您不可放弃希望！太后身边的小李掌案是您的结拜兄弟，只要他出面为您求情，老祖宗一定会饶恕您的。"

"聂首领，我可是万岁爷宫中的太监！打我还是个小太监的时候起，皇上就一直对我很好。我原本是个山东佃农的孩子，要不是长得还算端正，我早就饿死了！最多只能活十来年的我，居然能活到今天二十三岁，都是托万岁爷的福。所以我非死不可。我知道春儿一定会救我，但正因为这样，我才选择不回城而自我了结。"

我们从这条胡同走到那条胡同，不知不觉地走到了皇城北门的神武门。半途，我在王府井的小摊上买了麻绳和短刀。我想，如果可能，就学着样在景山的白松树枝上自缢；万一追兵在后，来不及上吊，就狠心一刀自刎。

此时，我们看到神武门前闹闹嚷嚷的，有好几百名万岁爷宫中的太监被赶了出来。太监被赶出门是没有地方好去的。许多太监除了身上穿的一无所有，两手空空不知所措。有的在地上爬行翻滚，有的在仰天痛哭，还有人就靠在紧闭的城门上，用头撞门撞得额头出血。

那景象就像在炼狱中一般。

天开始暗下来。火红的落日中，被赶出城的太监的身影，就像在血池地狱中沉浮的亡者。

我们面前是高耸的神武门，背后则是景山。我俩互道珍重后，聂八十一下紧紧抱住我的肩膀，流着泪对我说："兰掌案，奴才活了十八岁，蒙受万岁爷浩荡皇恩和您的挚爱厚情、提携之恩，永志不忘！再见、再见！来世让我做您的亲弟弟报答您的大恩大德。再见、再见！"

此刻，我比任何时候更深刻地领会了"再见"这一告别用词所含有的凄美感觉。

聂八十一转身，径直朝城门走去。他灰色长袍的下摆在掠过护城河上的秋风的吹拂下翻卷着。

"开门、快开门！我是养心殿御前首领聂八十。我已经将万岁爷的旨意传达给了救国勤皇的志士，现在回来了！开门、快开门！我是臣子聂八十。现在回来了！快开门吧！"

聂八十抬头对着城楼上的卫兵大声叫喊。

是的，当时聂八十确确实实自称是"臣子聂八十"。

这个称呼对我们太监来说可是个禁忌，因为太监绝不是清朝的"臣子"，而是爱新觉罗家族的"奴才"。

边门打开了。聂八十的身影随即吞没于红墙之内。

不见了聂八十，我便一转身，将正大声哭叫着的太监甩在身后，朝景山走去。

我一边走一边思考自己至今走过的人生。十岁时被卖给了人贩子，来到京城。分手时，父母只顾着数银子，连句告别的话都没有。

天生体质虚弱的我，在西华门的刀儿匠毕五家净身。手术后三天不能喝水，喝水要送命。但我实在受不了，宁可不活了。紧要关头，是春儿救了我。他一把夺下我已伸到嘴边的酒壶，用力抱住我："你要忍住啊！人并不是只活十年就行了。不然和猫狗又有啥不同？你不是狗，你是人，是和天子一样的人！"

春儿那一席话，就像昨天刚说的一般，在我心里慢慢复苏。

——我们和别的人没什么不同！你看，我们会说话，猫狗会说话、会流泪吗？

——没人敢欺负你！如果有人敢欺负，我一定不会放过他！别哭，兰琴，有我在，怕什么！

把麻绳搭在白松的树枝上后，我忍不住低声哭了起来。

我不像春儿、聂八十那样像个男子汉，我缺少男子气概和力量。出乎意料的是，性格如此懦弱的我，居然也能步步高升，这全是因为受到皇上恩德滋润的缘故。

我是个懦夫，我怕死，但除了死我别无选择。我已失去任何活下去的理由了。

但是，对生的留恋使得我在将麻绳挽了几个圈后停住了手。也不知过了多长时间，晚霞渐渐褪去了红色，四周就像蒙上了幔帐似的暗下来，我隐约听见有人在呼唤我。

是春儿！只见他疯了似的一边高喊着"兰琴、兰琴"，一边挥动朝袍长长的袖子，沿着山路石阶奔了上来。

他一定是从聂八十那儿听到了我的事后不顾一切地找来了。

春儿使出吃奶的力气从下托住我已经麻木的双脚，然后一把夺走我腰间的短刀割断麻绳。我俩紧紧地抱在一起从斜坡上滚了下来。

"混蛋、混蛋！"春儿一骨碌起身骑坐在我的身上不停地捆我的脸，接着又紧紧抱住我的头。

"你以为你的命就不值钱吗？告诉你，你和万岁爷一样都是人！都是一样的！大家都是一样的！"

"你胡说！太监和皇上会是一样的吗？"

这个道理谁都明白，可是春儿却一把抓住我的衣襟，牙齿咬得咯咯响："要说皇上和太监有什么不同，那也只差有没有生孩子的玩意儿！就只差在那儿！"

我瘫软在地上，脑袋瓜子却突然清醒了，开始思考是不是真的该活下去。想来想去，我还是觉得自己没什么脸活下去。现在，我不顾性命保护的皇上已失去了行动的自由，他的命都是朝不保夕，我还活着干什么呢？

　　"大哥——"我唤着自己的结拜兄弟，"我现在什么都不想看，什么都不想听，就让我死吧！"

　　"不行！"

　　"就用这把短刀一咬牙刺下去！这样我解脱了，大哥也可立功。这是我一生中唯一的恳求。"我合起双掌对着春儿说。

　　"不行……"

　　春儿拒绝的声音不像刚才那样坚决了，大概是觉得我的话还是有道理的吧？他太了解我现在的处境了。如果现在老祖宗性命危在旦夕，死心塌地伺候的春儿，也应该是一样的心情。

　　就在那个时候，有几个身穿西洋军服，手里提着枪的袁家兵穿过树丛跑了过来。

　　"啊，是小李掌案！真厉害，居然抓到了兰掌案！"

　　袁世凯——这个出卖万岁爷、勾结荣禄不知羞耻的恶棍！我终于见到了这个世上最丑恶的男人。

　　"把这小子碎尸万段！居然暗通康有为、梁文秀潜逃，就算把他杀了也不解恨! 快动手, 小李子! "

袁世凯说着就要伸过手来, 春儿却站起身护着我。

"走开, 别过来! "春儿低声道。

"你说什么? 你这个太监, 居然以这种口气和我说话? "

瘦弱的春儿比袁世凯矮了一个头, 此时看着却是如此的高大。

"奴才——啊不, 我刚刚获得太后陛下赏赐, 已升任大总管太监之职! 你算什么东西? 别太狂了, 袁慰庭! "

春儿直截了当地喊出了他的字。袁世凯顿时畏怯了, 那几个兵也都扑通一下匍匐在春儿的脚下。也难怪, 此时春儿故意露出他蟒袍胸前漂亮的锦鸡刺绣, 晃了晃头上正二品起花珊瑚顶戴和标示大总管太监的孔雀双眼花翎。

"大哥! 这是真的吗? "

"是的! 太后刚刚下诏, 我将取代李莲英成为大总管, 掌管整个内廷事务。"

错愕不已的袁世凯此时还想抵抗, 但口气已完全变了。

"但是李老爷, 那小子可是大逆不道的罪人呀! "

"我知道, 我都知道。"

"老祖宗绝不会放过他! "

"对。只是，如此逆天之徒用不着带到老祖宗面前处置。"

春儿转身跪在我面前，手持短刀对着我的脸。他因悲伤痛苦而扭曲的脸，让我想起好久以前，他在毕五家的泥地上紧紧抱住我时，也是这样的表情。

"像这样的逆贼，就这么轻易地死去未免太便宜了他，还不如让他流落到老公胡同成为野狗的美餐！"

不知为何，我一点都感觉不到痛。是春儿深似大海的真情麻木了我？啊，比起我肉体上的疼痛，春儿内心忍受的痛楚该是何等的巨大！

就像剜出鱼眼珠一般，春儿用刀尖剜出了我双眼的眼珠。

没有一点疼痛，就像不经意间关上了门，黑暗降临了。

我还是呆呆地合掌跪在地上，春儿一下捧住我满是鲜血的脸颊，口中喃喃道："我不会欺负你！其他有什么人敢欺负你，我也不放过他！别怕，兰琴，有我在。"

大哥！我一把搂住春儿的脖颈。我要活下去！

"当初切了那话儿都能活，现在没了眼珠又算得了什么！是这个意思吧？"

那几个袁家兵早就嗷的一声四处逃散了。只有袁世凯不知为何没有离开，也没有进一步的举动。我想大概是呆住了吧？

军人就这副德行, 面对突如其来的事变就不知所措了。

啊, 怎么说来说去都是我自己身上的事? 最最要紧的珍妃的事啥都没说。

是的, 或者也可以这样说, 我能说的, 都是我知道的事, 除此以外, 我就无能为力了。总之, 戊戌政变后整整两年时间里, 珍妃一直被关在终日不见阳光的北三所的冷宫里, 直到义和团事件发生, 兵荒马乱之际她被人害死, 真是可怜哪。

啥? 谁是凶手?

哦哈, 原来各位并不是来打听珍妃的事, 而是要追寻害她的凶手。

早知这样, 一开始就该说清楚嘛, 我也用不着说那么多个人的私事。

哎呀, 我还真是弄不明白。人的性命不都是一样的宝贵嘛, 义和团事变中有几十万人像虫子一样被杀死, 可你们为什么偏偏只抓住珍妃一个人不放?

也许我问出这样的话太过直接?

水井? 对, 有传说珍妃是被活生生地投入水井淹死的, 这我就不清楚了。传得神乎其神呐。

水井，听说是水井……

嗯，说起太后宫里的水井，让我最先想到的就是穿过贞顺门，位于符望阁和景祺阁中间窄小院子里的那口古井。

那口井确实离北三所的冷宫很近，前面就是太后的寝宫乐寿堂。那里潮湿阴暗，说起来还真是个很晦气的地方。

院子里铺着石板路，四周是高高的红色围墙，对，北角记得是一片茂密的竹林。乍一看，那口井倒更像是个搁在地上的石臼。至于说大小……差不多就这么大，对，大小刚好能容下一个女人的腰身。

如果是被投进那口井里，就连挣扎一下都不行。

谁会做出这种没人性的事来？

嗯，想出这种恶毒办法的只能是女人。也就是说，下毒手的应该是能进出那个地方的女人。西太后、隆裕皇后、瑾妃，不知是谁命令太监或士兵下的手……啊，那都是我凭想象的猜测，不足为信。

但是，如果事情正是这样的话，那么真相就永远不会水落石出，内廷的宫墙可比铜墙铁壁还要密不透风哪！

哦，你是说，这是在西太后和皇上启程前往西安避难前发生的事？也就是说，珍妃成了碍手碍脚的累赘。

如果真是这样的话，皇上就该从南海瀛台回到宫内吧？贞顺门外还得准备扈从出驾的仪仗队。难道珍妃娘娘没在避难的队伍中？

这样看来，当时情况十分紧急，下决断的只能是西太后，除此之外，没有任何人能左右皇上的意志。

究竟是谁动手的呢？

女人没那么大的力气。珍妃体格健壮，她比皇上的个子还高呢。

太监？对了，在这即将启程逃难的紧要关头，在太后和皇上身边伺候的太监不会多，也就贴身的那几个人。

大总管李莲英算一个。此人冷酷无情，杀一个人不足为奇，说起凶手，谁都会首先想到他，只是年纪大了些。

还有副总管崔玉贵。他是个光有力气没脑子的傻大个。

再一个就是年轻大总管李春云——这儿我不得不提到春儿的大名。他会不会做出这种事来，我想各位从我刚才说的话中应该能够明白。

至于那些护卫的军人，也是有可能的。只是西太后是个很用心机的人，她不会随便让一些地位低下的士兵出现在这种场合。这么说来——

第一个让人想到的就是荣禄将军,荣公是经常随侍在太后身边的人。

接着是李鸿章大人。他是个忠勇无比的老将,朝廷一旦有事,他会立即提刀拍马赶来,他恐怕也会在场。

再就是袁世凯了。他的西式军队可说是大清国的宝贝。

对,那个袁慰庭是很有可能做出这种事来的。

他是个连皇上都敢出卖的恶棍。

啊,我想起来了! 袁慰庭是有杀死珍妃的动机的。以前,他一直暗暗恋慕着珍妃! 还在年轻的时候,他在李鸿章大人的北洋军中做参谋,就一个劲地给入宫前的珍妃写情书了。

虽然已不记得是什么时候了,但这是珍妃亲口告诉我的,千真万确。珍妃还笑着叮嘱我不能让皇上知道哩。

所以,当维新派打算利用袁世凯的力量时,我还悄悄告诉皇上断断不可,因为袁世凯对万岁爷娶珍妃这件事一直耿耿于怀呢。

不是吗? 如果撇开君臣之礼,对袁慰庭来说,皇上不就是他的情敌嘛!

皇上被囚禁在瀛台时,为什么珍妃不能同行,这多半是袁世凯捣的鬼吧?

珍妃被关进北三所的冷宫里时,他居然说,把珍妃交给我好了,我不会对她怎么样的。

生性倨傲的珍妃怎么会把这样的卑鄙小人放在眼里呢?第二次碰了一鼻子灰的袁世凯当然是恼羞成怒了。

这样一想,在太后和皇上前往西安避难之前对珍妃下毒手,就有可能是他出的主意——惶恐不安的他在两年前对珍妃犯下了大逆之罪,可他没有一丝一毫的愧疚感。他会对太后说,漫长的逃难路途,珍妃跟着会是个累赘,再说,她还有可能为皇上出主意,所以趁早赐珍妃一死才是上策。虽然这样做让人感伤不已,但在国家危急关头,也是不得已而为之。

说起这些,我就仿佛又看到了他的身影。袁世凯就是这样一个卑鄙的小人。

怎么样,一不做二不休,你们还是直接去找袁世凯问个清楚,如何?

他是个见风使舵、极端功利的机会主义者。目前这样的形势,他是巴不得有洋人找他。但别忘了他是个牛皮大王,嘴巴很会说的。

对了,这里教你们一个招数。

别看袁世凯这个人仪表堂堂,其实他是个胆小鬼。所以你们不要到他的府邸或司令部找他，而是叫他上门来见你们，并且不要带随从。没有幕僚和卫兵在旁，他特别畏畏缩缩，说不定狐狸尾巴就露出来了。

不知将军阁下在哪下榻？

北京饭店？啊，知道。就是东长安街边上那幢新建的西式饭店。就把袁世凯那家伙叫去那里，说是有机密文件面交，只能一个人赴约。呵呵，他一定会屁颠屁颠赶来的。

啊，天快黑了。

今晚上哪儿拉琴呢？就去东交民巷西口，横滨正金银行的拐角处吧。嗯，还是日本人更多些怜悯之心。

招待不周，还让你们听了许多无聊的牢骚话，真对不起。为表歉意，就拉一首曲子给你们听听吧！

"牡丹情歌"，这也是珍妃喜欢听的。

嗯，当年珍妃在景仁宫的院子等待皇上驾临时，常在嘴边哼唱这首曲子。

珍妃就像这一尘不染的白牡丹哪！

只要一想起她那如花的容颜，泪水就会濡湿我这双瞎眼——

第四章

枭雄

——直隶总督、北洋通商大臣、北洋常备军总司令袁世凯将军的证言

早晨散步是松平忠永教授天天要做的功课。

这个习惯在他十七岁罹患轻度肋膜炎时就开始养成了。在帝国大学求学的学生时代和后来去英国伦敦留学，他也一直没有松懈过。

前年，他以名门嗣子的身份继承了父亲的爵位。

他打小就着迷于做学问，是个典型的书呆子，对上流贵族社会没有一点儿兴趣。无奈家里除了他没有其他男嗣，所以没有办法。周围的人都希望他辞去大学里的工作，但他坚持说，如果要他辞去工作，他宁可不要爵位。最后，他以现任大学教授的身

份继承了爵位。

他不喜欢在名片上并排印上"东京帝国大学文学部教授"和唬人的"子爵"头衔，觉得与生俱来的贵族权威玷污了他依靠自己的努力获得的学问荣誉。一起研究学问的同事常会在背后说他是以特权得到学术地位的，学生也常用"老爷、大人"之类称呼贵族的敬称来称呼他。甚至有调皮的学生在教室黑板上画上代表贵族的家纹"三叶葵"，这个时候老实说，他想哭的心情都有了。

松平教授离开日本公使馆后，就沿着两旁种满槐树的东交民巷往西走去。

这个方向如果是去索尔兹伯里伯爵下榻的北京饭店的话，是绕了远路，但时间充裕得很。

松平教授身穿麻质西服，手臂上挂着手杖，掏出怀表看了一下时间：早上六点三十分。他心想，围着使馆街走一圈，从天安门踱到长安街东边，到达北京饭店应该恰好七点。

松平教授一边走着一边轻轻地叹气，觉得自己是搭上了一件棘手的难事。

两年前，义和团搞得天昏地黑时，清朝的王妃在混乱中遭人杀害，她还是光绪皇帝宠爱的王妃，这样，事情就变得更加复杂了。

现今世界,自由主义之风吹得正劲。在目睹美国的繁荣之后,人们都相信,那里正是人们向往的理想国度。而在俄国,彻底否定王权的思想也在不断蔓延开来。在倡导王权的大本营英国,前不久冒出了一个名叫丘吉尔的年轻议员,他标榜新时代的演说获得了人们热烈的喝彩。

在自由主义势不可挡的世界潮流中,追寻杀害珍妃凶手的意义便更加凸显出来了。但无论如何,这个古老国度仍然是世界上最顽固的尊崇王权的国家。

连连叹着气的松平教授看上去神情忧郁。他觉得,现在这个时候来中国,是在错误的时间,到了一个错误的地方。

他这次来中国,是受驻华日本公使的委托,调查义和团事件给古典文物书籍造成的损害情况。但现在,等待他去做的,却是如同做侦探般地追查杀人凶手。松平教授原本不想参与其中,只因德国公使馆武官冯·施密特男爵礼数周到地一再请求,这才勉强应允。

松平教授感叹自己背运,难得来一次北京,居然遇到这样大的一件事。

日本有贵族一千三百人,其中,光是越前侯爵家族以下拥有

"松平"这一姓氏的就有二十七家。这当中有一个侯爵家族、三个伯爵家族、二十二个子爵家族,还有一个是另立门户的津山松平男爵家族。

就像是天意,如此众多的"皇室藩屏",偏偏让松平教授刚好这个时候来北京遇着了。而且他还正好是研究中国学的学者,专业研究中国的科举制度和九品官人法,又有留学经历而通晓外语。

松平教授一边走,一边想,这与其说是巧遇,更可能是命运使然。

那场奇怪的战争过去已经整整两年了,东交民巷的外国公使馆也已恢复如初。更确切地说,从中国政府获得巨额赔偿后,所有的外国公使馆都比以前建得更大、更豪华了。

与其形成鲜明对照的是,天安门广场边上的清政府机关——礼部、户部、吏部衙门,以及相当于日本宫内省的宗人府的建筑,却仍是一副被烧毁的模样,令人可悲、可叹。

是这个国家不注重体面,还是没有修复的预算?或许这两方面的因素都有吧!

广场上,柳叶随风轻舞,秋意甚浓。叫卖烧饼馒头清粥的小摊子传来阵阵吆喝声,热气腾腾的摊子前,有不少身穿式样夸张的朝服的清朝官员夹杂其中，站着吃早餐。

这些人从头顶垂到脖颈儿的花翎不住摇动的模样，就像正在啄食饲料的鸟群。这样的人群一直延绵到广场的尽头。

十几年前松平教授第一次来北京时，看见这样的情景便大吃一惊。政府官员上班前到街上的路边摊站着吃早餐，这在日本是不可想象的，东京的霞之关是不可能看到这种景象的。

松平教授心里琢磨，羞耻这个概念，在这个国家大概是没有的吧？从平民百姓到达官贵人，虽然平时都特别注重礼节，却对涉及脸面的事不怎么上心。这么想起来，与完全恢复旧貌的公使馆形成鲜明对比，本国官衙的墙上仍留存着火烧的痕迹，也就不足为奇了。

天渐渐大亮起来，就像打开一副色彩鲜艳的屏风，头顶上出现了蔚蓝色的天空。来北京的人，不管是谁，总会带着感慨的语气描绘北京的秋天。

叫卖的吆喝声、小摊前人群的嘈杂声、从锅里升腾而起的蒸汽，还有教授轻轻的叹息声，这一切还来不及等到人们深思的时候，就全被吸进蓝色的天空中。

在这个国家，动用复杂的思维是件很难的事。

长安街边上高耸入云霄的北京饭店，英国人习惯称其为

"Beijing Hotel China"，这是一幢现代化的豪华饭店。

如此高大且设计独特的建筑，连欧洲都还没有。隔着长安街望去，可以看到带有漂亮的停车门廊的中楼和向左右延伸的东西楼，其气派的造型，就如同传说中的凤凰突然飞下停在了那儿。

北京饭店的开业时间是公元1900年。据说那里原先是一处官衙，义和团事件发生后被烧成一片废墟，人们日夜赶工才建成了这幢饭店。

饭店正面青铜铸造的大门上，英国人像贴符咒似的挂着一块告示牌："华人与狗不得入内"，还是用精巧的木刻雕出的。

在穿着洁白立领制服、头上裹着头巾的印度侍应生引导下，松平教授走进了能俯瞰北京市街的贵宾室。

早晨的阳光正透过弧形的窗户照射进来。

"Good morning, sir!"

索尔兹伯里伯爵收起手中的报纸，取下鼻梁上的眼镜招呼道。

此时的时间恰好指着七点，但大家似乎已等得有些不耐烦了。大理石桌子对面，赫伯特·冯·施密特大校和谢尔盖·彼得洛维奇公爵同时从沙发上欠起身。

"嗨，大家来得真早呀！"

把帽子和手杖递给侍应生后，松平教授在另一张沙发上坐了下来。他的身子一陷进沙发，整个人就像要沉下去似的，双脚悬空如同游泳一般无法着地。

对小个子教授的滑稽模样，其他人都在嘴角浮起了笑容，觉得很有趣。

"不巧的是，我们都没有散步的习惯。"彼得洛维奇撇着满是胡子的嘴角说，语气中含着挖苦的意思。想必他们是透过饭店的弧形窗户，看见了松平教授在长安街上慢腾腾散步的模样。

"人要思索，少不了散步。我刚才一边走一边在想昨天的事，相信不久就会有结论。"教授指着窗外回答说。

"呵呵，教授，遗憾的是在我们国家人们可没那么多时间散步，如果散步能生出灵感来，那圣彼得堡的市民都成了天才了！"

"不要再为这种无聊的事争论了吧？公爵阁下——对了，和袁将军约的是几点？"

在上座落座后，索尔兹伯里掏出了怀表。

"约的是早上八点。不过，听说袁将军是个急性子的人，他随时都会出现。"

大家显然都有些紧张，惧怕这个刚从山东巡抚升任直隶总督，如今名副其实掌握着历史关键的袁世凯。

　　"在拍了加急电报表示我们希望早点见面的意思后，袁将军立即从天津坐火车赶来了。确实如昨天那个太监说的，只要是外国人说的话，袁将军什么都听。"

　　在接到索尔兹伯里的电报后，袁世凯马上回了两封电报。召之即来的袁世凯固然可笑，但随意呼人却又畏之如虎的这些贵族也让人觉得可怜。

　　侍应生送来了热咖啡和日本报纸。

　　"贵国还安定吧？日语太难，谁也看不懂，有什么精彩的报道介绍一下吧！"

　　"有关于袁世凯的报道。"松平教授指着报纸的社论微笑着对索尔兹伯里说。

　　哦？三人同时站起了身。

　　《莫测端倪的袁世凯》，松平教授看着报纸的标题思忖着该如何翻译给他们听。

　　"端"是山顶，"倪"是水涯，"端倪"指的就是"事情的开始和结束"，"莫测端倪的人"，也就是"莫测高深的人物"的意思。按照一般的理解，这是一句含有敬畏之意的褒义句子，但不知为什么，这里用在袁世凯身上，总觉得是别有用意。

社论的内容并没有称赞袁世凯，就如同标题，给他的评价是说他是个相当复杂的人物。

松平教授稍稍作了一些思考之后，用法语解释道："报上说，袁世凯是一个无法以常识考量的人物，没有明确说出他是个好人，还是坏人。"

心领神会的贵族们不约而同地点着头。

"意思就是说，他是个典型的机会主义分子。"索尔兹伯里说。

"嗯，这一点我想大家都已经心知肚明。不过，我觉得还是以入口和出口的不同来比喻更恰当。"

"说得好，真是一语中的。"施密特拍手笑道。

"这样的评价虽然没错，但是对他来说，任何事总要再三权衡吧，这是问题的关键所在。"彼得洛维奇口中衔着烟，转脸看着施密特，似有不满之色。

"但不管怎么说，他是成了直隶总督了。直隶总督兼北洋通商大臣，这个袁世凯和李鸿章一样都是实权人物。你说他是骑墙派的机会主义分子也好，无法用常识解释的人物也好，这都无关紧要，关键是他掌握着一个国家兴衰的权力。"索尔兹伯里择机说出了自己的看法。

"对，而且很有可能掌握着珍妃事件的关键。"

此时响起了敲门声。

身穿燕尾服的英籍总经理弯腰殷勤请示："各位先生，袁将军已经到达！"

几位贵族就像上了发条的机器人，同时掏出了怀表。

七点三十五分。袁世凯确乎不是一般人。

*

啊呀，原来施密特大校也在！

早知道这样，我一接到您电话，昨天就该赶来见面了！

不管怎么说，能再次见到您我真感荣幸，冯·施密特男爵阁下。

啊，各位是不是在猜测我和施密特之间是什么关系？好吧，那就让我来解释一下。

施密特大校是我的老朋友。大家知道，我担任山东巡抚一职已有很长时间。对，山东省是以青岛为中心，是德意志帝国的势力范围——啊，我这样说不知是否恰当。确切地说，是德意志帝国在这块土地上将西洋文化扶植了起来。

山东是义和团拳匪闹得最厉害的地方。由于前任巡抚过于放任，导致拳匪日渐嚣张，不但掠夺无辜的农民，奸淫妇女，最后竟然焚烧教堂杀害德国传教士，简直无法无天。

这话只能这里说说——太后和大臣们竟也在背后煽动，怂恿这些故弄玄虚、装神弄鬼的暴徒充当排外运动的前锋，那简直就是只顾眼前利益不考虑将来的妇人之见！

所以我说服朝廷亲赴山东任职。我早就把生死置之度外了，为了世界的和平而牺牲性命，这本就是军人的天职。

从那时起，施密特大校就成了我推心置腹交谈的朋友。我对他说，山东这个地方再不想想办法就要出大乱子了，镇压义和团只能指望你了！因为我也是个受人之托就说不出口回绝的人，所以当时我也是横下一条心了。

怎么，山东大屠杀？哈哈，真是人言可畏！当然，镇压暴徒，不流一点血是不可能的。但是，说我对付拳民及其有牵连的人，杀死了五十万人，那是新闻记者在造谣。

伸张正义的人，往往容易受到世人的误解。

总之，我和施密特大校的关系就是这样，为了和平，彼此赤诚相见，肝胆相照。

但是，谁会想到最后是这样的结局呢？对吧，大校。

本来在山东闹事的义和团拳匪后来队伍日益庞大，闹到了北京，杀洋人，烧公使馆。而且，我真不知太后和这些大臣是怎么想的，居然暗中支持义和团，甚至于最后向全世界宣战。

各位所在的国家军队攻入北京，绝不是干涉内政，而是为了和平。

说起这些，听说这里的索尔兹伯里伯爵这次专程来华，就有关义和团战争期间八国联军的非人道行为进行调查？

啊呀，有这个必要吗？退一步说，就算真有，那也不会很多。相比起他们为维护和平所作出的贡献，我觉得事到如今不该再来追究所谓的非人道行为。

我提议，为了世界和平、国家的光荣，让我们举杯！

咦，怎么了？是不是我多心了，怎么各位都是一脸纳闷的样子？是没想到我会说出这番话来？

对了，不知大家对我抱着怎样的印象？——机会主义分子？卑怯懦弱的人？爱玩弄权术者？暴力分子？不讲情面的人？没有思想的无脑一族？对谁都是一副好好先生模样的投机分子？所有这些都是那些别有用心的人出于嫉妒对我的造谣中伤。实际上，我只是一介武夫，只知正义和爱国的一介武夫。

我今年四十四岁，出生在河南省陈州府一个叫项城的地方，那是一个靠近安徽省边界的小镇。

我出身名门世家，就是所谓的乡绅阶层的佼佼者，家族中出了不少进士和举人。其中最著名的是我叔祖父袁甲三——啊，你们大概不知道。他是道光年间的进士，也是李鸿章大人淮军的将领。

我父亲也是李鸿章大人的幕僚。说起来，袁家是学者将军辈出的家族，也因此才会出现像我这样的人吧？

我讨厌做学问。其实，照我们中国的说法，我是不喜欢墨守成规，这样说才正确。要我听从私塾老师的教诲，让我去死记四书五经，这会让我感到厌烦，令我难以忍受。

虽然这样，不是我自夸，我读书成绩还是不错的，我在通过了许多选拔考试后，最后终于参加在北京举行的顺天会试。那年是光绪二年，也就是1876年，我当时十八岁。

但那次考试我没及格。于是我寄住在当大官的叔父家里。三年后我再次应试，结果还是失败了。

哎呀，那个时候连去死的心都有了。那时我叔父是袁家发迹最快的人，他是户部左侍郎，相当于日本官僚中的大藏省次官，其他家族成员中也出了进士什么的。我不停地自责，为何独独我这个人这么没出息呢？

原来，我对埋头读书这件事本就是提不起一点劲来。于是，我当着叔父伯父们的面撕毁了教科书，摔碎了砚台，把代表读书人身份的蓝布衣扔进井里后离开了家。

"好男儿志在四方。为什么要郁郁寡欢地只与笔砚为伍来虚度岁月呢？"那时候大概是年轻气盛，才出此豪言壮语吧？

我离家后直奔天津，去叩李鸿章大人的门。从那以后，直到去年李公去世，他都是我的老师，也是我追随的人物。

我至今没有忘记，当时李公正在书房里埋头办公，他朝我看了一眼。

"你是袁甲三哥哥的孙子？长得一点都不像嘛！想当兵吗？唔，容貌体格都不是做进士的料，就算考一百次也不会中吧？要是当兵，或许是块料！"

李公是个奇人，他可以手中做着一件事，同时脑子里思考、谈论另一件事。

"给这个年轻人选一件军装，我要提拔他做见习军官，然后再给他家大人拍个电报，就说他家的落榜生袁世凯在我少荃身边。其他人我不知道，但甲三的孙辈我不能不管。什么？大丈夫志在四方？嗯，有志气，我喜欢！"

就这样，我投身于李公麾下。他真不愧是扫平太平天国、平定捻匪之乱的大英雄，可能还是一个慧眼识人的伯乐。

哦哦，竟然有人说我暗恋珍妃！

到底是谁在传播这个毫无根据的谣言？他妈的，统统给我毙了！

——啊，对不起，有失礼仪。我有点无法自持！

我一年难得生一次气，不巧正遇着今天。

对，我确实和珍妃很熟悉，从她还是这么一丁点大的时候。

正如刚才我说的，我的叔父是户部侍郎，珍妃的父亲也是户部侍郎，他们是同事。

你们知道清朝的官制吗？对，不管在哪个官署，都是既有科举出身的汉人，也有满人贵族。副职级的官职，都像"汉左侍郎""满左侍郎"一样，满汉两族都是各配置一个职位。

从你们洋人来看，都是一样的中国人，只有我们自己能一眼分辨出来，满族和汉族是两个完全不同的民族。

珍妃出生在光绪二年，也就是我第一次参加会试的那一年。

长叙——嗯，那是珍妃父亲的名字。那一年，长叙家是喜事连连。本来，因为上一年才十九岁的同治帝刚刚驾崩，所以即使是喜事也不能大肆庆祝。

先是一家之主长叙升任户部侍郎，然后，两位千金相继诞生。姐姐就是后来的瑾妃，妹妹就是珍妃。

我叔父和长叙关系很熟,连两家的府邸也离得很近,因此我常有上门给他家找麻烦的机会。

　　从军以后,我每次进京都去叔父家小住,因此也就看着她们姐妹俩慢慢长大。说起来,我就像人们说的,是个"可亲的邻家大哥哥"。

　　长叙是个读书人。满族本就是统治阶级,许多人看着很厉害,其实肚子里没什么货色。啊,这话只能在这里说说,可不能外传。

　　不过长叙不同。他是个进士,实务经验也丰富。从外表上看,完全就是一个汉族的士大夫模样,一点没有满族特有的粗犷印象。

　　从小让女孩识字断文,这在传统的中国人看来是完全不能想象的,但长叙这个父亲却不一样。他的两个女儿都受到了很好的教育,她们深厚的教养和学识,已经可以同皇上对话交流了。

　　有学问的女人就是长得好看。那是由里而外散发出的美丽,拥有这种美丽的女人在这个国家是不多的。

　　还有,满族的女人不裹小脚,缠足是汉人的习俗。不缠足,她们活动的空间就大了,也就能培养出更健全的体格。

姐姐瑾妃个子矮，还体胖；珍妃则身材高挑，浑身散发出一种健康的美。过往的行人只要看到她都会忍不住停下脚步，这真是个美丽的姑娘！啊，这样的话由我口中说出，越发会引来误会吧？

恋慕珍妃——嗯，被人这样说确实是个意外，不过，遭到误解也是事出有因。

我喜欢小孩子。不，这不能理解成爱女人。虽然我妻妾成群，但这并不是因为特别喜欢女人或为了繁衍子孙的缘故。我只是单纯地喜欢孩子，觉得小孩子很可爱。现在我有十九个，啊，不对，应该是二十个孩子吧——反正也差不离，总之，我就是喜欢小孩子。

所以，邻家有个可爱的小女孩，真让我喜欢得不得了。

小孩子都很率真，对喜欢的人会很自然地亲近他。于是我俩就像年龄相差很大的兄妹，时常在一起玩耍。

我当兵后常常回京城。当听说我要回来了，珍妃就会由女仆陪着，站在家门口盼着我回家。

只要远远地看到我的身影，她就会快步奔上来，叫一声"慰庭哥"后紧紧地抱住我。这种情形一直持续到她入宫前大概十三四岁的样子。啊，那景象即使没经历过也不难想象吧！

那时，珍妃不仅身材高挑，脸容也开始有大人模样了！别看我现在一副大腹便便的样子，当年可也是个挺拔英俊的青年将校。大家可能都没想过，我和珍妃之间所相差的年龄，可是整整一代人。

说到这些，让我想起珍妃决定入宫之后，李公说过的一句话。记得当时是在酒席上。

"慰庭，听说你同那位即将成为万岁爷嫔妃的姑娘，也就是长叙的女儿感情很好，她不会是你心上人吧？"

在场所有李公的幕僚都哄地笑出了声，但李公一脸认真。

李公怎么会有这样的感觉？他是否真的了解底细？

这话只能在这里说。

这也就要说到太后和荣禄将军以前有过的关系。

啊，各位安静点！

糟了，我又说漏嘴了。不过这事紫禁城里谁都知道，当然它是个禁忌的话题。

各位请不要外传。

这些话真的只能在这里说说，要是到了报纸记者的耳朵里，那得引起多大的轰动！

总之，是这么一回事。太后进宫成为咸丰帝的嫔妃之前，她和年轻的荣禄是相好……是真的。这事能说着玩吗?

咸丰帝看中的满族美女,谁能说不呢? 这样,太后和荣禄这两个已经海誓山盟的有情人,只能挥泪斩断彼此的感情。

怎么样,各位有没有茅塞顿开的感觉? 过去想破脑袋都没法解开的疑窦,这下都有答案了吧?

荣禄将军——不,那家伙直呼其名就算是抬举他了! 为何如此平庸的人也能位居人臣之极? 还不全是女人死心塌地爱慕着他的缘故?

这种人要不是有太后在背后撑腰,怕早就砍了十次头都不止了! 这么说也许有点夸张,但至少是会被放逐到长城外荒僻之地的沙漠中驻防边境,了却一生。

李公还真是个浪漫主义者,他对一个禁卫军军官和满族贵人的凄美爱情故事也会如此感兴趣。后来,他体谅太后的心情,怜悯荣禄的处境,毕其一生都在照顾那个可怜的傻瓜。

当然,李公应该是心生悔意了,这不,荣禄这个人最后把国家搞得一团糟。

那天,一定是这个无可挽回的巨大失策掠过了李公的脑际,他才会这样厉声责问我。

李鸿章大人是个事事爱亲身躬行的劳碌命。已经年届高龄,还要为义和团事件收拾残局,后来又重新担任直隶总督,直到灯枯油尽倒在任上。

临终时,李公一脸疲惫之色,对我说:"——看来,能接手的,也就是你了。"

这不行的,各位。这个国家的未来光靠我袁世凯一个人怎么行呢?

哎呀,我也是个天生的劳碌命。

我就是这样,把珍妃当作自己的妹妹来宠爱。至于她是怎么想的我就不知道了——女人的心思谁能揣摩得了呢?

记得有一次,她找我商量事情。地点应该是在北海边上的一座凉亭里,四周开满了白色的荷花,就像天堂里的画一样。

她问的都是有关万岁爷的事。

对,当时问话的口气不是"慰庭哥,你觉得怎样",而是"慰庭哥,这样行吗",我是怎么回答的?呵呵,时间过得太久,我也忘了。那个时候我已经三十多岁了,有了几个妻子和一大群孩子,我还能有什么想头。

我才不会为了自己发达去利用女人,所以,我打从心底里瞧不起荣禄这种人。

当然，我也敢断然地说，我绝没有恋慕珍妃。关于这一点我愿对天发誓。这种传言就算是无意的中伤，那也确实让人感到遗憾。

男子汉做人就是要堂堂正正，不炫耀、不算计、不虚伪。

这样的人生自然是上天所赐，我袁世凯不是证明了吗？

接下来就该说到珍妃最后结局的情形了。

啊，一说起这个，我的眼泪就……

是的，我目睹了事情的整个经过，什么都看在眼里，记在心里。各位请想想，这个从小把我当作哥哥来崇拜，而我又把她当作妹妹来疼爱的人，就这样硬生生地当着我的面被夺走了性命。

庚子年那个不祥的夏天发生的事令我终生难忘。

我不知太后到底是怎么想的，肯定是被荣禄不可告人的企图蒙蔽了。

那家伙就是想搞出这种骇人听闻的事来把大清天下葬送掉，再以自己为始祖建立新的满族王朝。

当我得到义和团拳匪在北京暴动的消息，连忙从山东赶过来时已经太晚了。拳匪血洗京城，把洋人以及同洋人有交往的平民百姓一个个杀死，还烧了教堂，袭击东交民巷的外国公使馆。

借着戊戌政变的势头，排外运动一下子壮大起来；而打着"扶清灭洋"旗帜的义和团得到社会的广泛支持也是一件不奇怪的事。

但是，为这些人的暴行撑腰，最后还向世界各国宣战，如此聪明的太后，怎么会作出这样愚蠢的决定呢？

毫无疑问，都是那个家伙在背后挑事。是荣禄为了灭掉大清王朝下的一步棋。

八国联军从大沽口上岸后，义和团的人破坏了位于北京和天津之间廊坊一带的铁路，他们把那里作为最后决战的战场。这个战略布局不可谓不大，指挥的人绝不可能是装神弄鬼的拳匪。总之，从六月开始，你进我退的拉锯战就在那里展开了。

从北京到廊坊只有上百里路，也就是五十公里左右吧。随着战线的不断拉长，最后连紫禁城都能听见炮声，还有流弹飞来。

京城里日夜都能听见报警的敲锣声。空中不断有炮弹和子弹飞来飞去，也不知是什么人要袭击谁。现在想起来，应该也是荣禄演的戏吧？哎呀，真是太会演了！

后来才听说，原来是荣禄指使手下人在城外四处部署了枪炮，对着城里进行射击。

我当时还不敢相信有这种事，不信这个家伙会使出这种手段来。那时后宫各处宫殿的窗户都用棉被塞得严严实实，到处挖了壕沟以防万一。

当时荣禄这家伙不断上奏太后，提出去西安避难的建议。危机临近已是不争的事实，对此谁也不会觉得奇怪。

看，窗外就是东交民巷的公使馆区域，这是一条狭窄的小街，荣禄率领禁卫军，董福祥率领甘军，再加上二十万义和团拳匪，花了五十五天却攻不下来，这不是一件奇怪的事吗？

可想而知，荣禄根本就没有同洋人作战的意图，他射向公使馆的都是空壳弹，朝紫禁城发射的倒是实弹。他的如意算盘是，八国联军一进城，就先让朝廷逃往西安，然后由自己出面进行和平谈判，把一切罪责都推在太后身上，借机建立新的政权。

但是，他失算了。

怎么说荣禄也是个对外国事务一无所知的老朽，现代战争的特点就是速战速决，破坏力大，对此他完全不懂。

那时候，李鸿章大人正在广东，太后不断催促他进京同洋人进行和平谈判，但他迟迟不动身。李公大概已经看破了荣禄的企图。我觉得李公一定是这么想的，反正荣禄是不会有办法收拾残局的，他能做多少就让他去做，到最后自己出场就行。

八月十四日，八国联军终于开始了对北京的总攻击。

荣禄想，啊，机会总算来了。但是战斗一旦打响，情况就不一样了。

英军的印度兵部队冲在最前面，俄国、日本、法国、德国、美国、意大利、奥地利，这些拥有新装备的精锐部队跟着一拥而上，一举夺回了东交民巷。第二天，八月十五日，天还没亮的时候，洋人的军队涌向东华门——看，就是那个地方，向紫禁城发起了总攻。

荣禄狼狈不堪地逃进了太后的宫里，那副模样活像被猫追得走投无路的水老鼠。

到了这个时候，吓破了胆的荣禄把野心和权谋都抛到了九霄云外，他也只想着快跟着朝廷逃往西安。

太后平时住在乐寿堂，那时，一阵紧似一阵的炮声和四处弥漫的硝烟弄得人心惶惶。

大总管太监李春云虽然年轻，此时却很镇静，他先喝住荣禄不要慌乱，然后下令准备前往西安避难的卤簿（卤簿：皇帝出行时扈从的仪仗队——译者注），并为太后换衣装扮。

当时真钦佩李大总管的有条不紊。只见他先将太后的"两把头"发髻散开，结成汉族妇女的发髻，罩上汉人特有的发帽；然后脱下太后身上的旗袍，换上朴素的蓝布衫，将花盆底鞋换成毛毡平底鞋。一眨眼工夫，太后就成了一个普通汉族大婶的模样。

接着太监和宫女也纷纷换上汉人的平民衣服，最后才通知将软禁在瀛台的万岁爷接过来。

当一行人做好出行准备，集中在倦勤斋前的院子里时，已是早上八点左右了。啊，就是现在这个时间。说起倦勤斋，各位可能没什么印象，我们去那个阳台看看吧!

哎呀，今天天气真不错! 北京的秋天就是舒适宜人，有种平静安逸的感觉。

那天可不是这样的天气。天空低垂着铅灰色的云，远处隐隐传来一阵阵炮声。真是个阴郁的早晨哪!

从这里望出去，顺着东边的城墙，最前面的是皇极殿的大屋顶，那儿是太后平时处理政务的地方。后面是宁寿宫、养性殿、乐寿堂，那一带就是西太后生活的地方，被称为皇太后宫。

倦勤斋在最北边的里头，是贞顺门旁的一座小宫殿，当年乾隆皇帝忙完政务疲倦的时候，就把自己关在里边冥想静坐。

风好冷，我们回房间吧!

是的，倦勤斋前有一个名叫乾隆花园的院子，从前，院子里有乾隆皇帝静心冥想的假山，如今那里已是松柏森森。

院子的北面，隔着一堵红墙，有一条曲里拐弯让人分不清方向的回廊，走到底便是倦勤斋了。

珍妃遭害的古井，就在倦勤斋院子往回廊去的一条窄窄的甬道上。甬道往北通向贞顺门。

怎么，当时在场的都有哪些人？

让我想想……太后、皇上、皇后、瑾妃，还有就是先帝同治的嫔妃——珣贵妃、瑜贵妃、潘贵妃三人，以及她们各自的随侍宫女。

总之，除了万岁爷以外，都是女的，没有太监在场。

你是问为什么？这也没什么奇怪啊。太监都在忙着做出发的准备工作，有的在倦勤斋为妃嫔们准备逃难的衣服。

皇上已经换上蓝色的长衫，戴着帽子，看着像城里的书生。

为什么那时我会在场？

当时，太后下旨，将珍妃从冷宫里带出来。考虑到逃难去西安，珍妃不一定愿意同行。所以太后说，慰庭，你来说服她一下。

在终年不见阳光的冷宫里被关了整整两年的珍妃，此时已是瘦弱不堪，连走路都困难。她说她不想去西安，但我还是苦口婆心进行劝说，将她从北三所的冷宫背到倦勤斋的院子来。

一走进倦勤斋的院子，我就觉得气氛不对，皇上和太后正在为什么事争执。

我听见万岁爷说，他要和珍妃一起留在北京，两人同八个国家的代表见面，磋商停战的事。不然的话，战争就停不了，国家也没话语权。自己若和太后一起去西安避难，国家就真的灭亡了。

万岁爷说的是对的，我当时听了就很感动。虽然戊戌变法失败了，他自己也被幽禁在瀛台，但他并没有失去聪慧的头脑。

但是，太后却坚决拒绝了皇上的建议。其理由是——当然她嘴里没说，但差不多就是这个意思吧——

假如让皇上留在城里，并且和洋人的谈判获得成功的话，那么他亲政之策又会死灰复燃。我绝不能让皇上恢复掌权！

确实，这样一来的话，太后就会失去她的一切，弄得不好，各国还可能开出条件，将太后当作战犯送上国际法庭。

当然，谈判也可能失败，那万岁爷的性命就危险了。万一皇帝被弑，大清就完了。而且是以君主被处极刑这一最糟糕的方式亡国。

万岁爷的主张是对的，但是太后说的也有道理。换句话说，这只是万岁爷率真的个性和太后的老谋深算发生了冲突。

皇上提出要留在京城，是真的想借助珍妃的智慧同洋人谈判，还是想趁着混乱携珍妃远走高飞？这我就不知道了。

不料，太后和皇上争执的时候，皇后和一众嫔妃也跟着闹了起来。她们责难皇上，珍妃是个有罪之人，她怎么能跟随皇上出现在与洋人谈判现场呢？

这些嫔妃之所以觉得此事非同小可，无非是出于嫉妒心理。

我也是妻妾成群的人，对女人这种嫉妒心之可怕是深有体会。当时我就明白，事情正在变得越来越糟。正在她们瞋目竖眉责难皇上的时候，我把珍妃背了进来。

珍妃一从我背上下来，就一屁股瘫坐在皇上面前。

病弱的珍妃听着四周响起的辱骂声，连回嘴的力气都没有。她只说，我听皇上的。

皇上一言不发，我太了解他的心情了。我在面对妻妾争风吃醋吵闹不休时也是一样，除了沉默，别无他法。

哎呀，女人的妒忌心真的是很可怕，民间和后宫都是一样的。

皇后说，别任性，一起去西安。一位妃子说，这种人干脆带到城外去，丢给洋鬼子当玩物算了。还有一位妃子说，每次骚乱都少不了她，太晦气了，把她赶回娘家去吧！

突然，一位妃子尖叫了一声冲向珍妃挥起了拳头，这一下不打紧，所有的妃子甚至宫女也跟着一哄而上，对着珍妃拳打脚踢起来。大概是眼前的处境让这些人有点失去理智，认为走到这个地步都是珍妃的缘故,因而心生怨恨,把气都撒在她身上了。

就在这个时候,现场有人说出了一句让人震惊的话:"别打了,干脆把她杀了吧!"

我吃了一惊,循着声音望去。太后、万岁爷和嫔妃宫女也都一齐朝出声的方向看去。

"杀了岂不更好?不要留下祸根。她原本就是罪该万死,杀了她!"

倦勤斋门前,站着刚换好衣服的瑾妃,她的脸色冷漠得可怕。

是的,她是珍妃的亲姐姐。

这突然冒出的话,让大家都怀疑自己的耳朵是不是听错了。平时看上去最敦厚温和没什么妒忌心的瑾妃性格开朗,生性诙谐,因为个子矮胖,别人给她取了"月饼""胖妃"的绰号,但她不以为意。此时却像换了个人似的,一脸凶恶的表情,说要杀死自己的亲妹妹。她的那张脸因为妒火的燃烧而显得狰狞可怕。

太后终于发话了。

"这个……瑾妃,是不是有点……你是她亲姐姐,怎么说出这种话?"

"不,太后",瑾妃冷眼看着自己的妹妹,斩钉截铁地说,

"大清的灾祸都是这个女人带来的。她不但欺骗万岁爷，得手的话还会要了整个大清，她是个亡国妖女！戊戌那年没把她杀了就是个大错。大清的不幸都是这个女人搞出来的。还犹豫什么？杀了这个女人才能救大清！"

所有人都呆住了，连太后也打起了哆嗦。大家僵着不动，当然万岁爷也一样，我也一样。

那么珍妃是什么感觉呢？一个从小一块儿长大，年龄相近的姐姐突然撕下了"胖妃"的温和面具，她的震惊绝不是我们能比的。

瑾妃的身材和妹妹没有一点相似之处，她抖着像皮球一样的肥胖身躯走下宫殿，一把扯住珍妃的头发，像拖一只草包似的将她拽往院子的一边。

"来人哪！这是太后的命令，快来人啊！"

荣禄从贞顺门跑了进来。

"荣禄将军，把她投到那边井里去，快！"

荣禄和他的随从脸色发青站着不知所措，倦勤斋院子里所有的人都呆着不动。

"快点动手，斩断这条大清的祸根！"

这……荣禄只是呆呆地看着太后和万岁爷，可太后和万岁爷都不动声色。

而珍妃则如同失去灵魂的木偶，没有一点反抗，只是向万岁爷投去悲哀的眼色。

"快，倒栽葱投入井里，让她坠入十八层地狱不得翻身！"

住手——万岁爷终于低声说了一句。

"大人……荣禄大人，再等等，皇上说住手……"我连忙喊着冲出院子。而此时，荣禄和他的随从正在对珍妃下毒手。

高高的红墙下，光线昏暗的甬道上，一口形同石臼的水井边，荣禄等人正在将珍妃的身子往小小的井口里塞。

没有任何声响，井口竖着赤裸的双足，就像一动不动的路标。

紫禁城里每一口水井都是深不见底，太监都要用很长的井绳，费好大的劲才能打上一桶水，而且那里的水井圆圆的井口都只有女人腰围般大小。

"喂，怕什么呀！使劲塞进去，让她坠入十八层地狱去！"

瑾妃一把推开荣禄，抖着肥胖的身子，用手抓住珍妃的两只脚，像捣蒜般使劲塞入井口。

就这样，珍妃的身子慢慢地坠入黑暗的井里。

完了后，瑾妃还往井里丢入石块和砖头。

"活该! 就淹死在水里吧! 或者半途成为蛇蝎的美餐! 哈哈, 那些嗜血的蚂蟥、蚯蚓这下可以饱餐一顿了! 去死吧, 也让你尝尝临死前受折磨的滋味!"

我们一涌而出从贞顺门离开紫禁城, 倒不是因为炮声越来越近, 而是想尽快离开这个可怕的地方。

就这样, 我们朝着西安, 开始了漫长的逃难之旅。

而瑾妃, 就像什么事也没发生过一样, 又变回了她温厚的"胖妃"模样。

那天我看到的, 就是这些了。

我不知道各位为什么要调查珍妃的这件事。

将一位薄命王妃的死因调查清楚后, 又能改变什么, 或者得到什么呢?

比起女人难以猜测的可怕心理, 我觉得你们那种窥探人心的隐秘, 并力图将其暴露于光天化日之下的行为, 更让我感到心里不爽。

啊, 失敬、失敬! 我没有恶意, 我只是想说, 你们是管得太宽了。

看你们各位一脸的怀疑表情, 我提议, 还是干脆直接去找瑾妃吧! 怎么? 那并不是难事呀!

大清国如今就像砧板上的鲤鱼任人宰割, 你们只要到宗人府提出希望与瑾妃见面的申请, 他们是不敢拒绝的。

再怎么说, 根据去年签订的《辛丑条约》, 大清还要赔偿你们国家四亿五千万两银子, 而且年利是四分, 三十九年付清。

李大人也真不简单, 四千五百万两银子也就算了, 四亿五千万两可是个天文数目啊! 大家想想看, 这么大一笔银两到哪里去找? 这个国家的年收入才八千八百万两, 一年的开支倒有一亿两, 入不敷出。三十九年以后, 地球上怕是不会有这样负债的国家了。

这样的条约居然也签下来了, 八国列强应该也感到意外吧?

好了, 今天就说到这里。

各位可别忘了直隶总督兼北洋通商大臣袁世凯。

说不定哪天我们会在荣耀的场合再次见面——

第五章

来自魔宫的请帖

——光绪皇帝之妃瑾妃的证言

仅一个星期后，这四位贵族就接到了进宫许可的通知。

一身正儿八经清朝朝服打扮的宗人府官员来到北京饭店贵宾室，不管你听懂听不懂，一进门就展开文书大声念了起来。也难怪，这种汉语文书本来就无法翻译。

一行人念完文书后又像一阵风似的旋即离开了。留下几位洋人贵族呆若木鸡，弄不清到底发生了什么事。

"哎呀，我还以为要砍我头呢！"埃德蒙·索尔兹伯里将军站在桌边，摸着自己的长脖子说。

"简直不可思议，没让人先通报一声就直接闯了进来……

那些家伙是什么人？"就连熟谙北京话的谢尔盖·彼得洛维奇总裁也全然搞不清刚才对方究竟说了些什么，他将熊一般的硕大躯体陷在沙发里摇着头。

"他们到底为什么事而来，大校？"冯·施密特大校对刚才发生的一切也是摸不着头脑。他只听懂了"瑾妃"两字，所以猜想这可能和一个星期前通过德国公使向宗人府提出会见瑾妃的申请有关。

"教授，刚才来的那几个人到底念的什么？至少也该把文书留下吧？弄得我们到现在还蒙在鼓里。随随便便地跑进来念完就走，把人搞得一头雾水。"大校转首询问呆立在一旁的松平忠永子爵。

"这是中国人的习惯。那是向下人传达上司的旨意，所以没有必要把文书留下。刚才那名官员是瑾妃的代表，也就没有必要向人鞠躬行礼了。"

噗！彼得洛维奇将口中的红茶喷了出来。"摆什么臭架子，不知道自己有多少斤两！我们求见的是西太后或者皇帝也就算了，她不就是个妃子吗？"

"算了，公爵，这里可是北京。就算已经是破败不堪，也还是大清的帝都啊！"施密特大校安慰着公爵，随手递给他一条手巾,让他擦一擦弄脏的满是胡子的脸。

"说是明天早上六点,瑾妃将会见我们。还说这是一种无上的光荣,该好好感谢。"松平教授解释道。他那略带轻蔑的细眼瞥了一眼彼得洛维奇。

"愚蠢!"彼得洛维奇嘴里又喷出了一口红茶。

"就这些?他似乎念了好长一串。"索尔兹伯里也提出了疑问。

"是的,就这些。"

"不会吧?我看那份文书至少有三十行汉字。如果仅仅是说'明早六点来',哪用得着三十行汉字?"

"这个……"松平教授背着手开始在屋内来回走着,苦苦思索着该如何解释这个问题。

"该怎么说好呢?其实汉语是一种能以最少的字数表达最丰富含义的优秀语言,也就是说,它的修饰语特别多。比如,刚才的文书,如果直译的话,就是这样——天之涯、地之角,尊贵的大清帝国皇帝陛下夫人,慈悲为怀、美丽聪慧的瑾妃娘娘特别破例恩准谒见请求,将于明日上午六点在内廷永和宫接见诸位,鸿恩浩荡……"

"行了、行了,我明白了。"索尔兹伯里打断了教授的话。

"总之，这里毕竟是北京。"

"Yes, sir. 真得感谢老天让我做一个英国人，阁下。"

"真让人摸不着头脑。这种文字就连华兹华斯、柯尔律治也想象不出来。"

松平教授扫视了一圈后，改口将英语说成了法语。"反正，王妃在紫禁城内廷永和宫召见外国男子，这是史无前例的特别待遇，我们该怀着谦恭的态度接受才是。"

"穿着上该注意什么？可不可以带随从？"施密特直接问到了重要的问题。

刚到北京不久的索尔兹伯里这次将是第一次走进紫禁城；而彼得洛维奇虽然自称与西太后见过几次面，但从他的性格来看，其真实性颇令人怀疑。倒是松平忠永因受清政府委托，对义和团事件造成的珍宝受害情况进行调查，所以他应该是进过城的；但得到皇族正式接见，恐怕这也是第一次。再想想自己——想起不快的往事，施密特不由得皱起了眉头。

他去过一次紫禁城。那是1900年，也就是前年的夏天。皇帝及其家人逃往西安后，他带着一帮粗野的德国兵闯进了空荡荡的紫禁城。

德国兵满是泥浆的军靴踩着太和殿的龙陛，登上皇帝的龙椅后一屁股坐下拍照留念。

不知怎的，总觉得是自己在血与硝烟中将这个国家灭掉了。

"一应的礼节都是不可少的。而就我们来说，更别忘了，我们是带着特定的任务。"索尔兹伯里用手抚着他漂亮的唇须，眯缝着眼隔窗眺望远方紫禁城亮黄色的屋顶。

第二天一早，四位贵族各自穿上正式的礼服，坐着马车从天安门的边门鱼贯而入。让我们看看他们都是怎样的装束：索尔兹伯里将军身着大英帝国皇家海军中将正装，头上戴着瓦顶式传统军帽，双肩上是缀有无数金丝带的肩章，戴着绢制白手套的手抚着西式佩刀。彼得洛维奇总裁和松平忠永教授则是一身燕尾服外加高筒礼帽，胸前戴着勋章，手拿拐杖。施密特大校此时已将饰有华丽羽毛的德国陆军军帽拿在手上，正抬头望着高高的天安门城楼。

义和团事件虽已过了两年，但城里仍是满目疮痍，一副破败的模样。城墙上处处是炮弹留下的伤痕，就像长满疥疮的皮肤。城楼屋顶瓦片脱落，遍地杂草丛生，只有城门左右两边矗立着的华表圆柱，还能让人想起往日的威仪。

穿过边门长长的门洞，眼前便是东西两边伸出门楼的午门，它是紫禁城的正南门。从天安门一直通向午门的汉白玉通道两边长满了野草，那一带更是荒凉无比。

"真像一片荒无人烟的废墟！为什么不花点力气整修一下呢？"望着大风卷起的沙土，索尔兹伯里用手掩住口说。

前面还有很长一段路要走。看着很近，其实那是错觉。就像眼前有座山，真正到达山脚还得走很长的路。天安门和午门说是"门"，其实都是巨大的楼宇建筑。

"但总不至于调动外国军队来这里除草吧？"彼得洛维奇不以为然地抬起脸说。

"放手不管的话，这些房子早晚会坍塌。这些可都是有年代的老建筑！那个午门是顺治四年造的。"

听着松平教授的知识介绍，施密特问道："那是西历哪一年呢？"

"嗯——1647年吧！也就是两百五十多年前。明朝末年，这座皇城为李自成的军队攻陷，所以有很多建筑是清朝初期重建的。而前年发生的事件让这座城池再次落入了敌手。"

松平教授边走边抬头看着毁坏的午门。突然，他一转脸对索尔兹伯里说："啊，对了！1860年也有过一次陷落，您知道吗，将军？"

"嗯，就是那个亚罗号船事件吧？"

"对，就像这次义和团事件一样，都被称为'事件'，其实那是一场战争，是一场单方面挑起的战争。无数平民遭到屠杀，大量文物受到破坏，还有数不胜数的抢劫、暴行……"

索尔兹伯里突然放慢脚步，拉住施密特大校的胳膊："大校，让那张喋喋不休的猴嘴闭上吧！不然，我必须向本国报告的调查，会出现有欠公平的结果。"

于是，施密特走近松平教授，将手搭在他瘦削的肩上。

"教授——"

"说起来，借口自己国家的国旗遭到污辱而派出军队攻陷别国的首都，这就是强盗行径嘛！"

"好了，别吵了，怎么弄得像小孩子似的。"

松平教授一边迈着和自己瘦小身躯不相称的步子，一边斜眼看着施密特。

"我想你也没有说三道四的权利。还记得两年前你们在这里干过什么吗？人们至今仍在传说，是德国武官冯·施密特带着强盗闯进了这里。"

"住嘴！"施密特手按剑柄停下了脚步。

"嗬，要杀我头？来吧！这次若再把责任推在清兵的头上，又可以把北京弄到手里了。好在这个国家的外交高手李鸿章也不在了，足可以令他们气绝亡国。怎么样，要不要试试呢？"

"好了，各位都别争了！"彼得洛维奇劝架的声音大到在广场上空回响。

"有人出来迎接了。能坐着轿子进紫禁城，这待遇可不是一般的好啊。"

他们看见，坍塌的午门前正停着四乘轿子。

"好荒凉！"

紫禁城里开始刮起遮天蔽日的沙尘暴。坐在太监抬着的摇摇晃晃的轿子里，施密特凝视着眼前尘土飞扬一片肃杀的景象。

这景象简直就如埋在沙漠中的千年遗迹。疯长的杂草丛中只看得见太和殿用汉白玉砌成的石阶，远看活像是连成一片的白色墓碑，冷清、阴郁。

轿子行列围着已废弃不用的外朝三殿兜着圈子，时不时还得停下脚步，以躲避横扫而来的狂风，等待风头过去后再继续前行。

前方已出现显示有宾客到来的旗帜，还传来了一阵阵敲锣鸣钲的响声。

穿过几座小门后，前面出现一个满是沙土的广场，迎面是一堵向左右延伸开来的红墙。看来，红墙后面就该是皇帝和他家人居住的后宫了。此时，时间已近七点。

走过一道边门，便是一条笔直的南北向小径。两边夹着高高的红墙。风停息了，只剩下黄浊的天空中像有个怪物在咆哮。

"这里怎么成了这样子……"

两年前，他曾率领德国士兵攻陷过这里。但现在的模样同当时浮华奢侈的印象完全不一样，会不会与这道涂着鲜红颜色的宫墙有关？抑或是与那一片不同于外殿荒芜景象的耀眼琉璃瓦有关？

看来不是，如果要说有什么不同的话，那就是现在有人居住。

兴起于遥远的鞑靼之地越过万里长城一路而来的爱新觉罗后裔，相信自己是主宰世界之王的中国皇帝，还有围着他转的两千名太监和无数的满族宫女。

轿子在一座由鎏金门扇和琉璃瓦顶构成的宫门前停下。

这里便是永和宫。

走下轿，所有人都一言不发。这里是后宫御殿，历代以来，除了皇帝，从未有一个男人进来过。

"瑾妃娘娘正在等着各位,请进!"上了年纪的御前太监面无表情,那神态给人傲慢的感觉。他黑缎蟒袍的胸前绣着鹭鸶,该是位居六品的高级太监。

四人排成一列,跟在太监后面。

穿过红墙围着的小庭院,走到大殿前,两扇雕刻精致的朱色大门洞开着,丝质的帷幔被卷了起来。

四位贵族走进了阴森昏暗的殿内,只见四周墙上张满了浅黄色的绸布。

"谒见之前,先给你们两个忠告,第一……"老太监卷起蟒袍长袖,竖起右手拇指。

"别忘了礼节。可以不磕头,但请行跪拜礼。"说着太监先后弯下左右两膝,跪在地上,低头垂手后又按刚才顺序站起。这便是满人的礼节"请大安"。

"请一起试试。"

四位贵族照着太监刚才的示范动作一起练习请大安礼节。

"第二……"老太监在竖直的拇指边,又竖起了食指。

"不准提起万岁爷的事。"

几位贵族面面相觑。松平教授用流利的北京话表达了大家的不满。

"为什么不能询问皇帝陛下的事？"

"就是不行。"老太监面无表情地回答。

"只要不涉及政治话题就没关系吧？"

"不、不行，瑾妃娘娘只要听见万岁爷的名字就会叫起来，如同自己的心口被人撕裂一般。"

施密特故意干咳一声，军靴的鞋尖不停敲击地砖弄出声来。

再这样交涉下去，也许连珍妃的话题都不能提起，这次造访便会一事无成。松平教授对施密特的示意立刻心领神会了。

"明白了。我们一概不涉及皇帝陛下的事。"

"好，这就行了。瑾妃娘娘是个纤细敏感的人，幸好她今天心情不错，一定会谈兴很浓。好了，跟我来吧！"

说完，老太监像一只老鼠般突然猫腰小跑奔向东边的帷幔边，然后伏下身子。

"这里请——"

在拉开的浅黄色丝绸帷幔的空隙里，贵族们被一个个引了进去。

里间一扇黑檀木的门开着，焚香的袅袅烟雾有点辛辣刺眼。

屋里装饰朴实无华，让人出乎意料。帷幔的里侧，隐约可见一张椅子上孤零零地坐着个人。

"行跪礼。"仍蹲在门口的老太监小声命令道。四人排成一行，动作笨拙地跪膝行了请大安礼。

"好了。平身吧! 拿椅子来。"

小太监把椅子搬到几位贵族面前。

房间光线本就昏暗，再加上香炉里袅袅升起的烟雾遮挡，置身其中，犹如雾夜。施密特用戴着白手套的手拭了一下眼角。

"打开窗子，拉起帷幔，我想看看洋人长什么样。"

"瑾妃娘娘——"依然俯伏在地的老太监应道，"要看洋人的模样，打开窗子自不在话下，但还得把垂帘也拉起来吧? "

"行! 就照你说的办。"

于是，小太监打开了面向院子的窗，耀眼的阳光立刻泻进屋子，让人的眼睛一下子没法适应; 而原本遮住瑾妃的帷幔也被左右拉了开来。

施密特朝前瞥了一眼，立刻低下了头。

月饼，胖妃——他一再告诫自己不能笑，但汹涌而上的笑意还是喷了出来。

他拼命咬着嘴唇看了一眼旁边的同行者，没想到大家都在低头拼命忍着不笑出声来。

"有什么奇怪的？"

"月饼"开口了。原本紧张的气氛顿时松弛下来。先是彼得洛维奇的嘴唇抖了一下笑出了声；接着，索尔兹伯里也一下蹦出如同鸟鸣般的尖细笑声；而松平教授的笑声犹如在拉一首小提琴曲子。

已笑出泪水的施密特终于止住笑说出了一句完整的话来。

"……禀告瑾妃殿下，在西方国家，人们承蒙无上光荣之际，发出笑声是一种礼仪。"

"是吗？"瑾妃毫不怀疑地相信了。

"本宫感佩各位周到的礼节。其他的人退下吧！"

太监们磕完头后退出了，其动作之敏捷并不输给老鼠。

过了好一会儿，瑾妃才在宽大的椅子上挪了挪她那小猪般的肥硕身子，歪着"两把头"俯视眼前的几个洋人。

"唉！我真有那么丑吗？原本还以为洋人看人的眼光会有不同……"瑾妃重重叹了一口气后悲伤地低声说道。

她的实言相告让贵族们一下停住了笑声。

"不，殿下，不是这样的。"松平教授抬起头说。

瑾妃露出了微笑，那张脸活像被弄破后露出馅来的月饼。她的语气也一下变轻松了。

"各位不必勉强。自己身上的事自己最清楚了——啊，上次和男人这样面对面地说话是多少年前的事了？我的心在咚咚跳呢。行了，各位想知道什么就问吧！"

几个洋人呆呆地站着，面对突然开朗起来的瑾妃，一时捉摸不透她的用意。

*

哼，慰庭这个人，没什么好说的，竟然胡编乱造。

唉，他这么胡说八道也有他的原因。他是怕我。

是的，袁世凯这个人总想着哪天把江山揽为己有。还在很小的时候，我就常听他说，我总有一天要做皇帝。他没想到的是，他面对着夸下海口的咱姐妹俩后来都进宫成了妃嫔，这下让他冒冷汗了！

而现在，妹妹在节骨眼上死了，可姐姐却活得好好的，这能不让他畏惧吗？

我曾认真地告诉过万岁爷，妹妹应该也说过，就是要当心这个袁世凯，他野心大得很。

人品洁白如玉的万岁爷一下难以相信我们说的话，他似乎把袁世凯当作了继曾国藩、李鸿章之后的又一员忠勇之将。

这就是慰庭非同一般的地方。他能让周围的人深信不疑，

～149～

他是李公名副其实的正宗后继人。但我相信，李鸿章并不是这么想。李鸿章用他，只是因为他一时找不到合适的人才。军队没有统帅就形同废物，无奈只好把北洋军队交给慰庭指挥，而李鸿章恰恰又是一个不爱抱怨发牢骚的人。这一切均在慰庭的算计之中。

李公还是一个抱有若自己的部下没有俊才，就等于本人缺少德行这种观念的人。所以，他绝不会在公开场合说慰庭的不是；而周围的人，只要是李公说的，什么都会相信。大家都误以为，既然李公把北洋军队交给袁世凯，那他一定是个很了不起的人物……不能说，慰庭这个人确实很聪明。

所以，当戊戌变法失败之后，万岁爷将国家的命运托付给袁世凯，那真是孤注一掷的豪赌了。当然，我和妹妹也是极力反对的。后来我知道，当时万岁爷也是出于无奈。他说："已经没有其他的办法了。慰庭确实是个不足取信的人，但是现在唯一能指望的就是他了。"

后面的事情你们应该都知道了。慰庭一转身就背叛了万岁爷。

如今，李鸿章死了，我妹妹也不在了，知悉慰庭底牌的人只有万岁爷、我和荣禄了。

我估计他也不会说荣禄的好话。他一直在想着要把了解自己底细的荣禄早日送进坟墓。

慰庭使的花招，你说他复杂，其实也很简单。

他对上面的人逢迎谄媚，期望得到照顾提拔，他可是个嘴巴很甜的马屁大王！对下属则是软硬兼施，或用金钱收买，或用刀枪压服。有谁比自己优秀，他必定是无情打击。而对同僚，他是耍弄权术无所不用其极，早年和他并肩作战的人都被他一一陷害了。

这三种手段玩到炉火纯青的地步，他就用不着脑袋别在裤腰带里立什么功，自会步步高升，飞黄腾达。

问题就在这里。

按照中国的儒教，面对长辈和小辈还有同辈，该如何待人接物都有一定的分寸，这是中国道德的基础。各位都受过良好的教育，应该也是清楚的。

对，你的回答完全正确。对长辈是"孝"，对小辈是"慈"，对同辈是"信"。而科举考试连续两次名落孙山的袁世凯，根本不把儒教的训示放在眼里。他觉得，只要反其道而行之，就能把他周围进士出身的人打得一败涂地。事实也正是这样。

对上，他用"阿谀"替代了"孝"；对下，他用"欺压"替代了

"慈"；对同辈，则以"背叛"替代了"信"。由此换来自己的官运亨通。

他的这些手段确实厉害，这个人脑子是好使。

不过，你别看他这样，骨子里却是个胆小鬼，也毫无"侠气"可言。人是动物的一种，本来都是胆小怕事的，首先想到的是保住自己的命，这个无可非议。但是，经过漫长的历史打磨，品格高尚的人身上自会具备一种超然于本能的精神，那就是"侠气"。世界上没有这种人，也就没有什么历史可言了。

慰庭这个人缺的就是"侠气"。我想，当他早年科举考试落第后撕毁书本的时候，就已经把内隐于孔子训示的"侠气"精神也抛弃了吧？总之，袁世凯这个人正在文明的道路上不断地后退，是人退化成兽的过程中的一个怪物。

也许真有一天他会夺取天下。但是，畜生称霸天下的话，大变革的时代也就来临了。

他畏惧我还有一个原因。

虽然这只是我的猜测，但也几乎可以确信无疑。慰庭比谁都怕老祖宗，也就是西太后。

为什么呢？老祖宗是个女人家，她不懂科举，也就没被儒教的道德观念所影响。对老祖宗，只有靠真心话才能打动她，逢迎拍马对她没有什么作用。

所以只要老祖宗在，袁世凯是抢不到天下的，弄得不好还会惹来杀身之祸；乱说话，等着他的可能就是身首异处！

我比慰庭小得多，假如有朝一日我也握有像老祖宗那样的大权，那我会让他永无出头之日。

当然我还不是那样的人物，我连老祖宗的脚趾头都比不上；只是那个家伙实在是个胆小鬼，我才会有这样的想法。

这个人没事总爱自寻烦恼。

总之，他的话没一句是真的，你们别信。

请想一想吧，走遍这个世界，哪里找得到一个会亲手杀害自己妹妹的姐姐？

咦，怎么大家都不说话？

难道我说的都不可信吗？

再往前走近来点。

再近点，再近点啊。对，碰着膝盖也没关系。不要紧，这永和宫的主人是我，没人敢说东道西。

嗯，为了扫除你们心头的疑云，我得说说我和妹妹之间血浓于水的手足之情。

我们是户部侍郎长叙的女儿，虽然是同父异母，但从懂事起我们的感情就一直很好。

我们的父亲是满族旗人他他拉氏的首领，是自太祖努尔哈赤以来的世袭本族。不过咱父亲在满族的贵族中有点儿特立独行，不同于常人。他喜欢做学问，像汉人的孩子一样参加一个个科举考试，最后成了进士。虽是旗人出身，却凭自己的实力考取功名，成了二品官的侍郎，这是非常少见的。

他理所当然受到了人们的敬重，对孩子也是不分男女地都让他们接受良好的教育。我们姐妹俩出类拔萃被选为妃子并非偶然，当时是在众多旗人的姑娘中进行公平的选拔，自然我们就被选上了。

我们俩谁都没被册立为皇后，这有点意想不到。可能是因为有隆裕皇后在，她是老祖宗的亲侄女。有些事我也不便多说……

对了，后宫中的妃嫔等级，你们知道吗？

首位当然就是太后了，第二位是皇后，第三位是皇贵妃，第四位是贵妃，第五位是妃，其下依次是嫔、贵人、答应、常在，总共有九个等级。

老祖宗成为咸丰帝的侧室时还是贵人，我和妹妹一进宫便分别被封为"瑾嫔"和"珍嫔"，受到非同寻常的礼遇。同拥有众多妃嫔的咸丰帝不一样，万岁爷除了皇后外，就只纳了我和我妹妹两个妃嫔，七年后我们都被晋封为妃。

当时入宫的时候，后宫包括我们姐妹两人，总共有七个女人一起生活。

老祖宗，也就是慈禧太后，隆裕皇后，先帝同治爷的妃子瑜贵妃、珣贵妃、瑨贵妃三人，那时同治皇后已经殡天。

七个女人被安置在不同的宫里生活。只有老祖宗一个住在俗称太后宫的东边御殿里，其他六个人分别住在"东六宫"的一个个宫殿里。

即使在万岁爷搬入南海瀛台之后，这些地方也还是老样子，没有变动。

隆裕皇后居住在西北边的钟粹宫，我是东边居中的永和宫，妹妹是西南边的景仁宫，与我们三座宫殿分别相邻的则是先帝三位贵妃居住的景阳宫、承乾宫、延禧宫。

为什么要这样毫无章法地安置呢？让各位去自由想象吧！

请喝茶。

哎呀，为什么都皱起了眉头？不好喝吗？

说实话，对于隆裕皇后我是有点儿不服气的，这只能在这里说说。

你们不觉得她很丑吗？那张长脸长得像骆驼，皮肤黝黑，再加上一口龅牙——咦，茶不好喝吗？

为什么对她不服气，全是因为这么丑的女人居然是皇后。

从入宫那一天起，她和我们姐妹享受的待遇就完全不一样。

按照惯例，"皇后"和"嫔"是一同入宫的，三人并行，但在程序上却完全不一样。

首先，寅时——嗯，就是凌晨三点过后，有四位"诰命夫人"到隆裕皇后的娘家去迎接。她们是身穿华贵的旗袍、头戴黑貂皮帽的四亲王家的福晋，即恭亲王、醇亲王、庆亲王和肃亲王的夫人。

而到我家来迎亲的就是大总管李莲英带着的一帮太监。怎么样，是不是差距太大了？

进了宫之后，也只有皇后一个人能前往万岁爷居住的乾清宫东暖阁行"交祝合卺"礼；第二天早晨，有资格和万岁爷一起上景山寿皇殿祭拜祖宗、告知婚讯，然后在太和殿接受文武百官祝贺的也只能是皇后。

在那段时间里，我和妹妹只能分别呆在自己的宫里无所事事。

那是种什么心情，你们能体会吗？

紫禁城里正举行盛大的婚礼，处处热闹非凡，唯有我俩呆着的宫殿门窗紧闭，那感觉就像被关在了坛子里。

一天又一天，我们就这么呆呆地坐在漆黑一团的房间里。这个时候我才开始懂得什么叫寄人篱下，身为人妾。

中国皇帝的妃嫔——差不多就是这样的地位。我想说的是，身为女人，如果在这世上并非是自己男人的最爱，那么，她绝对不会幸福。这和富贵和名誉都没有关系，女人的寂寞，我和我妹妹在那个时候就已深深感受到了。

我不知道妹妹怎样，反正我是哭了三天三夜。

不过，没多久妹妹就苦尽甘来了。

若不嫌弃，吃一些点心吧。

是的，珍妃得救了。

因为她得到了万岁爷的爱。妹妹独占了那个人的心。

刚开始的那些日子，皇后和我还能公平地分享到那份感情，但那段时间只有短短的几个月。

万岁爷为人温顺和善，他是为了孝顺老佛爷才临幸皇后，是顾虑到我是珍妃的姐姐才临幸我。

我当然立刻就知道了其中的原因。临幸时，我在一片漆黑中常常听到万岁爷叫着妹妹的名字。

如果是普通人家，出现这种情形，夫妻之间立即就会吵起架来；但在皇家，这是不可能的事。当我从万岁爷口中听到妹妹的名字，顿觉自己的身子变得冰冷冰冷，掉落被褥底下，并不断地往下沉、往下沉。是的，就像万岁爷亲手把我推入一口深不见底的水井里一样。

我仰卧着，感觉万岁爷的脸越来越小，渐渐地远去。昏暗的灯光中，他温柔的笑脸就像一只盘子，慢慢地又像天上的月亮，最后终于小得像星星一样，一下子消失在黑暗的远处。

你们可知道大清皇帝行闺房之事的程序？

那是先由敬事房太监将不着寸缕裸着身子的妃嫔用绢绸包起来背在肩上，从东六宫摸黑一气跑到养心殿，天快亮时，再循原路将妃嫔背回来。

为什么会有这种奇怪的惯例？这是为了不让知道这天夜里是哪个妃嫔被皇帝临幸了。不然，在彼此相邻的宫殿中生活的妃嫔会互相吃醋，无法安稳地在宫中度过自己的一生，这才想出了这么个办法。

皇帝每天晚上临幸了谁无人知道，也就没了吃醋一说。同样，很久没被皇帝宠幸的妃子也不会被其他人奚落。

我也有过几次被太监背着走在那条黑咕隆咚的路上。是的，有好多次呢！

我被万岁爷彻底冷落之后，一天，发生了一件让我眼前一黑的事。

一大早，我照例坐着轿子，打算去向老祖宗请安，正在这时，首领太监刘四——啊，就是刚才带你们进来的那个老太监，铁青着脸拦住了轿子。

"瑾妃娘娘，请稍等一会儿，就一会儿。"

刘四是我一进宫就服侍我一直对我忠心耿耿的太监，他为人忠厚老实，只是因为不懂人情世故，也不爱奉承拍马，所以一直是个首领太监没有发达。可他和以前的大总管李莲英是结拜兄弟，是宫里资格够老的太监。

"娘娘您先别出门，在殿内稍等一下，请看在我刘四的面上。"

这人真的是不机灵，只是铁青着一张脸按住轿子的手柄，这反而让人心生不快。

我竖起耳朵凝神细听，听见外面有很大的"哧、哧"的声响,那是万岁爷的太监在前面开道时嘴里发出的叫声。他们通常走在行列的最前面,告知皇帝即将经过这里。那叫"打咟"。

我不顾一切地从轿子上走下来,甩开刘四的手,跑过院子,奔出了宫门。

来到东六宫红墙边横贯南北的甬道上,我看到了一幕不该发生的场景:斜对面景仁宫的门前,停着一乘黄色的鸾驾。

万岁爷打破常规亲临妹妹的宫殿,而且还过了一夜,现在正准备回养心殿。

眼前的一幕令我无法相信。我呆呆地站着,一动不动。

鸾驾前站着个穿红色御前服的开道太监,他就是那个名叫兰琴的年轻御前首领。万岁爷还没有从景仁宫出来。兰琴看见我一下子变了脸色,他回头朝院子里张望了一下,然后远远看着我压低声音叫道:"瑾妃娘娘停步!皇上正要出来,您别过来啊。"

接着兰琴"咟、咟"地叫得更大声了。

"咟!——刘四老爷,快服侍瑾妃娘娘回宫,快!"

刘四要拉我回永和宫,为了拼命抵抗,我用力踩着花盆鞋。

这个时候,锣声响了。

"咟、咟!众人回避,万岁爷来了!喳!"

四周的太监一齐双膝着地面向墙壁。因为无关的人路遇皇帝出行是不能随便和皇帝打照面的。

"喳!"刘四也慌忙转过身去。

万岁爷从景仁宫走了出来。他还依依不舍地拉着妹妹的手。

面朝墙壁跪着的刘四低声对我说:"瑾妃娘娘务必忍耐。看在我刘四的面上……务必忍耐,求求您!"

万岁爷看见了我,那脸上露出的笑容是我一辈子也忘不了的。

万岁爷——哦不,我的载湉,是个从来不知人世间的恶意为何物的人。他不知道人的内心是有着诸如"憎恶""妒嫉"之类的丑陋情感。

说实话,原本我也不懂这些东西,但就在那一瞬间,我似乎什么都明白了。

就像小鸡破壳露出脸儿来似的,一种难以名状的情绪从我心底里升起。我的心一下子全碎了。

那个时候,如果不是面壁而跪的刘四使劲拉住我的旗袍下摆,我怕会拉下脸来跑上去,拔下发钗刺穿万岁爷的胸膛吧?

刘四的哭声让我醒过神来。

"瑾妃娘娘,万岁爷可不是您一个人的夫君,他是一呼百应的大清皇帝陛下,是天子啊!"

天子——就这个词让我弯下了膝盖。

我跪在石板路上，把头磕得咚咚响，直到銮驾离去、兰琴"打哒"的喊声听不见为止。

"两把头"散开了，发上的沙子窸窸窣窣掉进了我的脖颈……

"嗯，我真的很丑吗？"

如果真是这样，请直说吧，我一定不生气。

这话我问了刘四有一万遍了，可他都是这么回答："那还用问吗，瑾妃娘娘。这世上能找到比您还美丽的姑娘吗？"

每次听到这样的回答，我就松了一口气。因为刘四是不会骗我的。

妹妹确实是个美人，她的身子像仙鹤一般纤细挺拔，脸蛋像杏子一样小巧玲珑。和她相比，我像猪仔一般肥胖，脸蛋像月饼一般浑圆。

但我并不认为自己比不上她。万岁爷每次抱着我时都说："瑾妃，你真美，我好爱你。"

别的人怎么说我不管，因为有三个从不说谎的人说我和妹妹一样漂亮，那就是万岁爷、刘四老爷，还有我们的父亲。

那个丑得不像话的皇后居然说出如此恶毒的话来。她说，你是为了陪衬妹妹才入宫的，你妹妹和你在一起才能更衬托她的美来，才能俘获万岁爷的心。你父亲长叙是为了让你妹妹能怀上龙子，才让你跟着一起入宫的。

这话说得太离奇可笑了。那个女人的心就像她的脸一样丑陋。

那时候，我一直在奇怪，为什么万岁爷好长时间不临幸我。

原来，是妹妹独占了万岁爷的心。

嗯，接着就要说到两年前的夏天发生的那桩令人悲伤的事了。

虽然我不想再去回想这件事，但是，既然袁世凯这个混蛋胡说八道想诬陷我，那我也就只好亲自把事情的真相说清楚了。

我可怜的妹妹被活活扔进景祺阁的水井时，袁世凯并不在场。他说他亲眼看到，那是他在骗人。

各位可以想一想，当时，皇帝带着所有人正要丢下紫禁城逃亡西安，大清国可能就此灭亡，在这个紧要关头，那个投机观望、见风使舵的袁世凯怎么可能和我们在一起呢？

那个时候，这人应该正忙着手举白旗涎着脸在各国的军营走访，为自己找后路。

大总管春儿那时在"东六宫"奔忙，安排太监服侍我们准备行装。妃子们都穿上宫女的衣服后在倦勤斋集中，我们要夹杂在逃难的人群中离开京城。

洋人的军队不知哪一天就会攻了进来。我们手忙脚乱地脱下旗袍，穿上土气的百姓衣服，散开发髻戴上帽子，装扮成汉人的模样，然后来到倦勤斋，就是那个坐落在太后宫北头的小宫殿。

炮声听起来很近，还传来阵阵城墙和屋瓦坍塌的声音，就像打雷一样。我吓得直不起腰来，是刘四老爷把我一路背到倦勤斋的。

一到倦勤斋，我看大家都在焦急地等着我。

老祖宗和万岁爷已在倦勤斋了，他们并排坐在长椅上，手拉着手在哭泣，一点也看不出有争执的样子。

我请安后，老祖宗含着眼泪对我说："瑾妃，事情弄到这个地步真是对不起你。一切都是我的失策造成的。"

说实话，当时我们谁都不知道此行能不能平安到达西安。大家都在想，或许在哪个地方被洋人的军队逮住，一个不留地都砍了脑袋。

荣禄将军指挥的禁卫军在贞顺门外正在做出发前的准备，我们在倦勤斋的院子里焦急地等待他们准备就绪的消息。

这是一个四周有回廊的小院子。南边二层高的符望阁和西边乾隆花园的假山挡住了阳光，高大的桧树和柏树遮天蔽日，院子里给人十分阴冷的感觉。隆裕皇后、瑜、珣、瑨三位贵妃都在那里，每人都跟着两个随侍太监，太后宫的前大总管李莲英也在。

炮声越来越近了，但禁卫军还没有集结完毕。人人都是心情焦灼，那个时候正可以说时间就是生命哪。

此时，不知是谁像突然想起似的说了一句："珍妃怎么办？"

人有的时候真是糊涂，就连我这个做姐姐的也把幽禁在北三所冷宫里已有两年的珍妃给忘得一干二净。我想，这个时候正在倦勤斋里长吁短叹的老祖宗和万岁爷大概也忘记了。说起来也难怪，都什么时候了，太祖公以来绵延了两百多年的大清快要走到尽头了呀。

也许，大家并没有忘记，只是觉得横竖都是死，带不带珍妃一起逃难并不是一件重要的事。这不，体弱多病的瑜妃她们到了这个节骨眼还在主张："我们回宫去吧，洋人来了我们就自缢殉国。"

那时候，炮弹掉落的地方已经很近了。地面在摇动，屋顶的脊瓦震落在地发出很大的响声。我惊叫着匍匐在地上不敢抬头。

当我抬起脸的时候，听见隆裕皇后在叫："李老爷，快把珍妃从冷宫里带出来！事情变成这个样子，都是那丫头害的。是她骗了万岁爷，招来了洋人的军队！"

这一嚷，那些贵妃们便纷纷附和起来。

我一点都不明白，这到底是怎么回事。我茫然地站在回廊的西头，脑子里一片空白。

于是，李莲英和他手下的太监跑到倦勤斋背后的冷宫，把妹妹从牢房里带了出来。

妹妹已瘦得脱了形。我想，这两年里，她可能一直被关在那个终年不见阳光的冷宫里，吃不饱，也洗不了澡。

而这都是皇后——不，那个长相丑陋还满怀嫉妒的叶赫那拉氏女人一手造成的。

隆裕抽搐着那张像骆驼一样又长又黑的脸，将她的龅牙咬得咯吱咯吱响，狂叫道："这个毁了大清的恶魔，把她投到井里去！"

刘四从呆若木鸡的我身旁冲了出去，跪在隆裕的脚下把头磕得咚咚响，为我妹妹求情："皇后娘娘，这可使不得！珍妃娘娘是万岁爷的妃子，您不能随随便便就要了她的命啊！"

刘四的额头磕破了，流出了血，可他并没有停下来的意思。

万岁爷和老祖宗在倦勤斋里，门关得紧紧的，几个年轻力壮的太监守在门口。

"李老爷，请您劝说一下。各位贵妃，请让皇后息怒。春儿！大总管在哪儿？珍妃娘娘、珍妃娘娘！"

我想，那个时候，假如春儿在场的话，一定会出来劝解的，可是现场没有一个人敢站出来对抗怒气冲冲的隆裕。

对老太监的一片真情，妹妹一定是心怀感激的。她爬着靠近正哭叫着的刘四，用脏兮兮的旗袍袖子擦拭他额头上的血。

"谢谢你，刘老爷。这样可以了，不要再这么护着我了，不然你也会惹出麻烦的。谢谢你、谢谢你！"

刘四将一张老脸转向妹妹，擦着泪水哽咽着说："珍妃娘娘，您做了什么？没做过一件需要用命去抵的事啊！您是真心忧国忧民，您是为了大清、为了百姓竭尽所能，不是吗？"

"不……"妹妹无力地摇了摇头，那模样就像是一支在风中摇曳的雏菊。

然后，她嘴里嘟哝了一句："万岁爷爱我。"

刘四哇地哭出了声，"这是该死的罪吗？爱别人、被别人所爱是不可饶恕的死罪吗？"

李莲英一把掐住刘四的脖颈把他推倒在地："放肆，刘四！你把至高无上的皇上当作什么人了？"

"奴才是太监。十二岁净身，一直到现在，在内廷服侍了近五十年。我不懂女人，也不懂男女之情。但正因为如此，奴才才明白爱人与被人爱的可贵。李老爷，您应该也是明白的吧。您应该也知道，珍妃娘娘是没什么过错的吧？"

"我不知道！"李莲英冷冷地说。

"没有什么人比珍妃娘娘更了解万岁爷。她不仅每晚受万岁爷宠幸，还为万岁爷分担忧愁，所以万岁爷爱着他。"

在几个太监准备抬起妹妹瘦弱的身子的时候，她静静地望着炮声隆隆的紫禁城上空。

妹妹的侧脸真好看。

她没有做任何反抗，该是因为挂心着不远处正有许多人死在洋人的屠刀之下。

所以，到了这个时候，她还不忘记双膝着地，将左手手掌压在右手上，一个个地向皇后和几位贵妃行标准的满族请安大礼。

然后，她朝着大门紧闭的倦勤斋喃喃自语道："我先走了。载湉，我的爱人。"

珍妃被杀死了。

是隆裕指使的。李莲英亲自动手将她瘦弱的身子投进了贞顺门边上的一口古井里。

啊，那个时候我在干什么，我真的想不起来了。那以后的事我也忘得一干二净。

总之，这下你们都该明白，袁世凯说的都是假话。

怎么了，各位的表情好奇怪，难道是不相信我说的话？

不相信的话我也没办法了。袁世凯现在是能呼风唤雨的直隶总督，还掌握着所有的军队；而我，只不过是个手无缚鸡之力的妃子。真相只有一个。

对了，你们也可以去找刘四。

来人！把刘四老爷叫来！

啊，刘四，带他们去倦勤斋那里看看。

去看看北三所的冷宫，回来的时候再看看那口古井。

你干嘛这个表情？是怕勾起以前的回忆，还是恐惧了？

这是我的命令。妹妹是在怎样的地方生活了两年，又是怎么被杀的，你照实告诉他们吧。

不要紧的，如果有人责怪你，就说是奉我瑾妃之命。万一碰见了隆裕或者李莲英，你也不用怕。真相只有一个。

啊，风停了。今天的心情真好。

紫薇都开出了那样红的花了。

当秋风轻抚我的脸颊时，我就会像做恶梦一样想起那天发生的事。

去吧，刘四老爷。

我在这里打一会儿瞌睡。

第六章
现场查证
——永和宫首领太监刘莲焦的证言

外号刘四的老太监，一走下永和宫的院子，便以太监独有的细碎步子匆匆往前走着。

"北三所的冷宫就在那里，路很窄，我们这就走着过去吧！"

他加快脚步，像是要尽快逃离他的主子瑾妃。

和进来时相反，现在是从东边的门出去。这一出门，四位贵族就分不清方向了。

"这里简直就是个迷宫。要是被甩下了，不疯掉才怪。"

谢尔盖·彼得洛维奇捋着像熊一样的红胡子，左右比较着甬道两边有何不同。

同刚才坐轿子进来时走的西边道路一样，这里也是红色的宫墙不断往前延伸。一路上沙尘飞扬，三十英尺开外已是模糊一片，连阳光也显得黄浊不清。

四人互相拍着彼此军服、礼服肩头上的尘土。

"这样做好像也没什么用，将军。"被施密特这么一说，索尔兹伯里也就停手，不去管是不是有损仪表了。

"回饭店后让侍应生解决。就这么办吧！"

一旁的刘四老爷奇怪地看着这四个洋人的举动。他吱吱嘎嘎地打开永和宫的金漆大门，等他们走出后再关上。

"各位——"快要走上红墙边道路的时候，刘四忽然向四位贵族招了招手，"刚才瑾妃娘娘说的都是假话。"

四人面面相觑，一股怒气顿时涌上彼得洛维奇的心头，他脱口用俄语嘟哝道："怎么回事！这个在说谎，那个也在说谎，中国人怎么都成了骗子？"

"算了、算了！"松平忠永用俄语安慰道。

"发感慨还是再等一会吧——不过，此事确实让人有点头疼。美国的报纸记者、皇帝身边的太监、袁世凯将军，还有被害人的亲姐姐瑾妃，所有人的说词都相去甚远，公爵阁下发怒也是情有可原。刘四老爷——"

"在。"老太监单膝跪在石板路上抬头看着松平教授。

"你的主子为什么要对我们说谎呢?"

"这事奴才不能说。请原谅。"

"如果不知道原因,我们就无法断定她说的都不是真话。而且,我们也不能相信刚才你说的话。"

刘四抬头看着洋人,想了想说:"那我就告诉你们瑾妃娘娘为什么要说假话,她很可能是讨厌皇后娘娘。"

索尔兹伯里弯下身子盯着刘四的脸。

"为了个人的喜恶就能作伪证?将杀害珍妃的责任推在皇后身上,对她有什么好处?这样一来,她在宫中的处境不是很危险吗?真不明白!"

松平教授将索尔兹伯里的疑问翻译给刘四听,刘四使劲点着头道:"各位先生是在追查到底是谁杀害了珍妃娘娘,是吧?那就是说,真凶若被洋人军队抓住一定会枪杀掉,对吧?"

四人听了不由得都耸耸肩,摇头仰望着天空。

"这就是说,瑾妃是为了陷害皇后才编造了假话?"

"是的,请问……作伪证也会受罚的,是吧?刚才奴才在一旁听着,就在担心这件事。"

"别担心，不会有什么事的。"

四个人又不约而同地叹了一口气。各人的证言为何会矛盾百出，原因很清楚了。

杀死珍妃的凶手一定会被处死，那么就把对自己不利的人或者内心憎恨的人指认为凶手吧——这些作证的人肯定都是这样想。

这个推测是有道理的，因为现在北京正在列强驻军的控制之下。

"无聊，太无聊了！"彼得洛维奇用他那象足般的大脚恨恨地踢着石板路。

"太监兰琴恨透了袁世凯，袁世凯的眼中钉是瑾妃，而瑾妃呢，只要除掉皇后，自己就能扶正了——怎么样，各位，这样下去没完没了，有什么意义呢？还是回饭店吃牛尾炖菜算了！"

"不，再等一下，公爵，"索尔兹伯里挺了一下腰，扶了扶头上象征大英帝国皇家海军中将的军帽，"这么看来，这人说的话就值得相信了，是不是呢？"

还想继续争辩的彼得洛维奇把到口边的话咽了下去。确实如此，眼前这个老态龙钟的太监，应该已经没有什么贪念和憎恨了。"对，刚才瑾妃也说过，这个人是绝不会说谎的。"

松平教授拍了一下彼得洛维奇的后背，"是啊，这人没必要说谎。你看，刚才他还在为自己的主子作伪证担心哪。就听听他怎么说吧，阁下——刘四老爷，带我们去看看吧！"

一行人沿着这条如同没有尽头的魔宫迷途的路，一路朝北走着。

彼得洛维奇一边走一边在想，相比之下，莫斯科和圣彼得堡的宫殿根本算不上什么。眼前这个紫禁城的宏大、复杂、壮美，大概也就巴黎的凡尔赛宫可以媲美，不，恐怕连它也望尘莫及。

刘四像一只老鼠弓着身子在路的一边走着。

"刘四老爷，你应该是瑾妃忠实的奴仆吧？那为什么要揭穿主子的谎言呢？这不是背叛吗？"彼得洛维奇用流利的北京官话问道。

"我很清楚这个道理。只是，奴才看着瑾妃娘娘从头到尾说谎的样子，就觉得她真是可怜。"

四位贵族一边走一边竖起耳朵，生怕听漏了刘四的话。这几个人步履缓慢，远看就如一团黑影在缓缓移动。

"其实——她是一个很可怜的妃子。说出来或许你们不信，万岁爷大婚后，一次也没临幸过她。"

"什么？"彼得洛维奇不由得停住脚步拉住刘四的衣袖，

"真的吗? 光绪皇帝一次也没有临幸过瑾妃? "

"嘘, 小声点! 隔墙有耳——不仅如此, 就连隆裕皇后, 万岁爷也只临幸过一次, 那就是大婚当晚。听敬事房的太监说, 那晚万岁爷一进被窝就立刻背对着皇后自顾自呼呼大睡了。"

于是, 彼得洛维奇开始逐一回想刚才瑾妃叙述的一切。若是谎言, 那是多么的痛彻心扉! 不, 与其说是谎言, 不如说那是一个女人空守闺阁十三年的妄想。

"如果这是真的话, 那瑾妃和皇后至今都还是处女……"

一旁的索尔兹伯里立马轻咳了一声: "公爵, 请注意你的低俗用词。"

"啊, 有失礼仪……"

彼得洛维奇的用词确是粗俗了一些, 但这是一个重大的问题。虽说光绪皇帝同时娶了三个妻子, 却只爱着珍妃一个人。

彼得洛维奇顿觉心头掠过一阵寂寥的凉风。

他可能不知道, 爱新觉罗·载湉, 这位满族女真的首领, 不仅是统治四亿人民的中国皇帝, 他还是清太祖努尔哈赤的第十代孙子, 继承了康熙、乾隆的血脉, 是鞑靼的大汗。

他想起宫廷画师画的光绪皇帝的肖像。

那是一个皮肤白皙、下颚小得像少女一样的贵族公子。还在幼年的时候,他的学识和聪慧就在东交民巷的外国人中间传开了。继位后,他同伯母的政治斗争失败,被幽禁在紫禁城西边中南海上的小岛上,就此便悄没声息了。

"教授,皇帝和皇后好像是亲戚,对吧?"

彼得洛维奇回头询问正低头沉思着什么的松平忠永。教授听见询问才回过神来抬起头。

"啊,没错。光绪皇帝的母亲,也就是醇亲王福晋,是西太后的妹妹;而皇后是西太后的弟弟桂祥将军的女儿,算起来他俩是表姐弟。"

"也许是因为两人从小一起长大,所以也就生不起男女相爱的念头吧。"

"这倒不一定。很多国家的王室都有这样的婚姻。"

"但是,让身为正室的皇后生下皇位继承人,应该是皇帝应尽的义务吧?如此聪明的皇帝不会不知道这个道理。"

这会儿,一直没开腔的施密特不满地咂着嘴,挺着军服下厚实的胸膛对彼得洛维奇说:"对这一点,公爵,我的想法是这样。"

"是什么,大校?"

施密特一边走,一边充满自信地说:"光绪皇帝和他年轻官僚断然推行的戊戌变法是以洋务政策为基础的,日本的明治维新是他的参照范本。"

"没错,那又怎样?"

"是不是可以说,他想亲身实践西方国家的一夫一妻制呢?"

所有人都露出了不以为然的表情。

"这个推理太过超前了吧?施密特大校。光绪皇帝不是同时娶有三个妻子吗?"

"习惯势力根深蒂固难以抗拒,更何况太后又是一心要将皇后嫁给光绪皇帝。公爵,你和我一样,都在北京生活了好多年,这种事情应该是明白的吧?"

"习惯?嗯,这个还算是有所了解。"

彼得洛维奇当然知道,这个国家就是建立在各种冗杂繁复的礼节和习俗之上的,令人生厌。皇帝除了皇后外,还得娶上多位侧室,这是自古以来相传的习俗。这种习俗即使与自己的政治理念有矛盾,也不得不依从。还有就是孔子儒家思想的影响,即绝不能违背尊长的旨意。

不管你怎样想,你是皇帝,就得承袭中国传统的礼仪和习俗——施密特的推理未必没有道理。

"确实,既不能违逆礼仪、习俗、道德,还要保证自己的政治理念得到贯彻，也就只能用这个办法了。"松平教授也认可施密特的说法。

"听说皇帝的人格如同璞玉般纯净，也许真是这么回事。"

"嗯，那时皇帝可能真是带着这样的想法与珍妃过着实质上的一夫一妻生活，这才是比较实际的一个解释。"

一直在旁倾听其他三人发表意见的索尔兹伯里，听到这里很有感触，他低声喃喃道："实际，太过实际了。不管是对皇帝也好，对那些妃子们也好……"

风停了，眼前是满地的黄沙。

刘四走在前面几步远，他一声不吭地朝前走着。呈现银色的一轮太阳无力地挂在黄浊的天空中央。

来自遥远的戈壁沙漠的沙尘暴乘着气流翻山越岭，将尘土倾泻在河北一带的大地上。夏季热浪翻滚，冬季滴水成冰，夏冬之交又是黄尘滚滚，这样一块土地为何五百年来一直成为这个国家的首都？

这条沿着红墙边延伸的路终于走到头，一拐弯，接续的是另一堵新的红墙。眼前这条东西向的道路和刚才的路一样宽。

"这里是后宫北边一带，这道墙的另一边，有五座小宫殿，习惯上称为北五所。"刘四站在交叉路口，左右甩着太监服的长袖说。此时，耳边传来黄沙颗粒敲打琉璃瓦发出的声响，那声音听起来就像山间溪水不绝于耳，使得这一带更显寂静。

"北五所？不是叫北三所吗？"松平教授问。

"很久以前，这里就造了五座样式一模一样的宫殿，所以称为北五所。后来其中的两座宫殿成为太监的住所，余下的其他三座宫殿就被称为北三所了。北三所的冷宫，就在那边门楼的里面——"

顺着刘四所指的方向望去，可以看见有一道上了门闩的门。那宫殿的修建样式和其他妃嫔住的宫殿没什么不同，只是显得很陈旧，金漆剥落，屋瓦间长满了杂草。

冷宫真是名副其实，彼得洛维奇已感觉有阵阵寒意向他袭来。

五座宫殿有两座成了太监的住所，那其他三座宫殿作何用处呢？照理宫中说话用词都有许多忌讳，而这里却用冷宫来称呼，这是为什么？

"刘四老爷，这里难不成是牢房？"

到底是资深老太监，刘四用很婉转的话答道："戊戌政变发生时，珍妃娘娘想跟着皇上一起搬到南海瀛台去居住，但皇后娘娘和其他妃子都激烈反对，生怕两人住在一起又会谋划出什么出格的事来。"

"果然这里是牢房，外观像宫殿的牢房。"

"北三所的冷宫向来就是让犯下罪孽或生病、疯癫的妃嫔居住的地方，说它是牢房，也是情有可原吧！"

吸入鼻孔的沙子在胸中不断地沉积下来，无休无止。

彼得洛维奇按照原先的想象，珍妃即使是遭到软禁，也一定是受到妃子的礼遇。但从这座荒凉门楼飘散出的不祥气息判断，这显然是座监狱。

红墙对面，是成排的柏树，茂密的树叶挡住了人的视线。这恐怕是冷宫冬不见阳光、夏不通凉风的原因吧！

站在门楼前，彼得洛维奇双手伸向黄浊的天空，像熊一样喊叫着。

"怎么了，阁下？"

"公爵，你镇静一点。"

松平教授和施密特各从一边抓住彼得洛维奇的手臂。

"你们还真够冷静的。你们有没有想过四年前那场政变发生时的情形？是光绪皇帝和珍妃向我们打开了这个国家厚重的大门。他们虽然被延续四千年的礼节和习俗所束缚，但还是一心想建立新的君主立宪制国家。结果呢，却是这样的下场。站在这个地处北边尽头的冷宫前, 你们什么感觉都没有吗? "

彼得洛维奇甩开两人的手, 再次振臂高呼起来。

"好了、好了, 别这么感情用事!"索尔兹伯里一手按在彼得洛维奇燕尾服的肩上说, "你可别忘了我们的使命。我们今天来到这里, 并不是为了同情珍妃的死, 而是为了查究王妃被杀事件的真相。否定王权的魔手正在悄悄地伸向我们的国家, 为了你们的罗曼诺夫沙皇, 你也有义务追究真相, 抓出真凶。我们必须冷静地了解清楚, 珍妃在这个地方受到了怎样的虐待, 她最后是怎么死的。请仔细想一想, 公爵, 我们现在正站在珍妃遭害的行凶现场! "

被索尔兹伯里这么一说, 彼得洛维奇不由得点了点头。

证言听得越多, 那陌生王妃的脸容在彼得洛维奇脑中便越是清晰。她长得那么美, 可命运又是那么悲惨。

"公爵, 你还真看不出是个浪漫主义者。"

彼得洛维奇抬起婆娑的泪眼回答说: "将军, 俄国人都是不露声色的浪漫主义者。"

刘四老爷抬起笨重的门闩, 冷宫的大门缓缓敞开, 似乎在欢迎这一行人的到来。

*

我或许会说得七零八落不成体系，但定会遵循瑾妃娘娘之命，把我所知道的事都告诉你们。

　　我虽然是个命贱的太监，不过，对这五十年来紫禁城后宫发生的事却比谁都清楚。

　　奴才本名刘瑞焦。从咸丰年间算起，我八岁进宫，被赐名号"莲焦"。

　　按照中国的习俗，兄弟之间的名字中会有一个字相同，而我们同年进宫的年幼太监都被当作兄弟看待，都有一个相同排行的名号。

　　奴才兄弟的排行就是个"莲"字——大家明白了吧？与奴才一起入宫的太监中出了两个大人物，一个是太后宫大总管李莲英，另一个是九堂大总管常莲忠。

　　本来我有五十个兄弟，现在都老了，他们有的死了，有的走了，如今还留在宫中的已没几个人了。

　　我这个没什么能耐的老朽奴才之所以能苟活至今，全是仰仗主子器重之故。虽然不曾受到万岁爷、太后和皇后娘娘的赏识，但从做小太监开始，我历经咸丰、同治、光绪三代，为这三代的妃嫔效劳。

　　瑾妃娘娘是光绪十五年进宫的，算起来，我已服侍了她十三年。我现在的职位是永和宫首领太监。

——怎么样,这里是个很可怕的地方吧?

这里是紫禁城的北端,在这片高入云端的红色宫墙对面,已经什么都没有了。

院子四周种满了遮住视线的参天柏树,说明很久很久以前,这个宫殿就一直是派这个用场的。五十年里,不知有多少妃子被关在这里,草草结束自己的一生。反正,进了北三所就等于了结了一生。

奴才以为,戊戌那年,珍妃娘娘被关进这里的冷宫是件无可奈何的事。且不说她插手了国家大政,单说图谋煽动维新派的人起兵谋害老祖宗,这该是事实吧。这样,与万岁爷一条心的珍妃娘娘当然要被治罪了。她没有像其他参与变法的人被砍了脑壳,已经算是老祖宗开恩了。

所以我觉得,珍妃娘娘在这个可怕的地方度过两年岁月,这个惩罚并不算过分。

不过话说回来,这里真的是荒凉得如同地狱一般。

那边面向宫殿的西侧房屋,就是珍妃娘娘住过的房间。请过来看,当心脚下。夏天这里长了许多杂草,有很多蝎子。

这个房间门上有三道门闩,窗户上也嵌了铁条,关在里面的人是逃不了的。

珍妃娘娘的一日三餐由御膳房送来，都是残羹剩饭。其他还会不时送来润喉的水和保证营养的山羊奶。

每次用餐之前，太后宫的年轻太监会站在窗外宣读珍妃娘娘的罪状文。每日三次，一次不缺。这虽然是个惹人厌的规定，但没办法，冷宫有这个规矩。

太监念的罪状文是老祖宗的懿旨，所以珍妃娘娘在聆听的时候就得像面对老祖宗一样，跪着磕头，做出恭顺的样子来。听完罪状，才能吃上冰冷的饭菜。吃到的饭菜，夏天是酸败腐臭的，冬天是冻得硬邦邦的，吃饭不会是一件高兴的事。

这样的日子日复一日，珍妃娘娘就立即瘦了下去，身体变得虚弱不堪，曾经如花的容貌顿时消失得无影无踪。

身上穿的衣服，就是被囚禁时穿的夏天单衣，后来景仁宫不知哪个太监偷偷送进了一件棉衣。

请仔细看。

对，这里没有火炕。大家都知道，北京的冬天是很冷的。按照西洋的测量方法，可冷到零下二十度，连护城河里的水都冻得像石块一样硬。

珍妃娘娘在这里度过了两个冬天，身边只有一个小小的铜火盆。

奴才有时也会趁着夜色来窥探一下。这不是谁吩咐我来的，我是想万一瑾妃娘娘问起妹妹的事，我可以回答上来。

可是，她一次也没有问起过我。

曾经有过这样一件事。

那是个月圆之夜。沙子和冰粒漫天飞舞，天上的圆月看着惨白无光。同以往一样，我贿赂了看守的太监，然后放轻脚步走到窗边朝里张望。只见珍妃娘娘就着昏暗的月光正做着针线活。定睛一看，像是在缝补一件绽线的棉袄。

我虽知道她是个不值得同情的囚犯，但见此情景，我的心还是痛了一下。

我伺候了瑾妃娘娘好长时间，最清楚她们姐妹俩是怎么长大的。

两人都是很有教养、锦衣玉食下长大的满族旗人公主，从没做过下人做的活。现在看到她身穿脏兮兮的贴身单衣，笨拙地拿着针线缝补的样子，真有悲从心头起的感觉。

我想去帮她，但又怕被看守的太监发觉。后来还是珍妃娘娘发现了铁窗外奴才的身影，她一脸困窘地问我："刘四，这件衣服缝了多次还是没用，该怎么办呢？"

她会用针线缝合破洞，却不知道缝完后该打一个线结。

"啊，终于缝成了！"

可是，珍妃娘娘刚把衣服披上，肩头缝合的地方又绽线了。

"哎呀，又绽开了，这可怎么好？"

我想如果只是告诉她该怎么缝补，看守的太监也许不会管太多。于是，我站在窗外，先将自己衣服袖口的线头抽去，然后做着手势教给她该如何缝制。

珍妃娘娘原本就是个聪明伶俐的人，她跟着宫廷画师学画，创作的画作水平超过了老师；她喜欢和万岁爷一起将西洋钟表拆卸后再重新组装起来。

所以，只消看上一眼，她就明白线头打结的方法。那天，当她总算顺利缝妥绽线的棉衣后露出的开心表情，我到现在还是记忆犹新。

我想，那时珍妃娘娘的欢愉心情，一定是同以前她将结构复杂的西洋钟表重新装配成功时一样。

但随即，在惨白月色的映照下，她的脸色黯淡了下来，就像逐渐枯萎的花朵。

"珍妃娘娘，您怎么了？"

珍妃娘娘怔怔地看着膝头上的针线，眼泪簌簌地掉了下来。

我对自己说，绝不可同情她，不能动心！但是，随后珍妃娘娘说出的一句话却让我不得不拼命地咬住嘴唇，握紧拳头。

"刘四，我现在终于明白了，是众多的百姓养活了我！不仅是我，我的阿玛和姐姐，还有皇上、老祖宗、皇后也是一样。我们这些人之所以能在宫里过上挥霍无度的奢侈生活，都是因为有着四万万百姓的供养。"

珍妃娘娘的说话声温柔得就像那竹林被风吹动时发出的沙沙声。

奴才不禁感慨，她是多么聪明的一个人！

比如说，各位曾经这样想过吗？高贵者不劳动，古今中外都是一样。他们为什么不干活也能活下去？那并不是因为这些人身份高贵，而是因为有额头上淌着汗劳作的劳动者供养的缘故。

"怎么能说皇上是老百姓供养的呢？该是四万万老百姓受惠于万岁爷浩荡无边的恩泽才得以生存啊！"

"不，你错了！"珍妃娘娘猛然抬起头说，"我从小到大，能穿上没有破洞的衣服，那是别人带给我的福分。从小我被教育说，自己的事要自己做，可直到今天，我还是什么都不会。无论是吃、穿，还是睡，我都无法自理。我能活到今天，都是因为有很多善良的普通人付出辛勤劳动的缘故——啊，这么显而易见的道理，为什么我一直不明白呢？"

说到这里，珍妃娘娘很有感慨地环视了一圈这间昏暗阴冷的房间，"我是罪有应得。"

我顿时觉得背脊像被人搋了一闷棍。

贵人——尊贵的人，珍妃娘娘就是这样一个值得尊敬的贵人。至少在她醒悟的那一刹那，在我这个为了生存抛弃父母离开家乡甚至放弃做男人的尊严的奴才看来，珍妃娘娘的形象是如此高大，就像是一个让人敬畏的神。

"您说，这是罪有应得？"

奴才知道，珍妃娘娘至今绝不后悔自己参与了戊戌变法，她宁可被关进这间冷宫里。这样倔强的一个人，现在却认罪了。当然，她所认下的罪孽，与老祖宗定下的罪名完全是两码事。

"我从降生到这个世界后就一直在制造罪孽。这个罪孽很大。我不仅没有认识到，是无数善良的百姓养活了我，反而以为是自己施恩于百姓。这个罪孽即使死了也抵偿不了。所以，我得呆在这种地方，像一棵小草一样慢慢枯萎。我的罪孽理应受到这样的惩罚。"

虽说此时的珍妃娘娘已是形容枯槁、憔悴不堪，但在我眼里却是无法形容的美丽。

我想起了家乡广袤的农田和久未相见的父母的脸容。此时，净身时刻骨铭心般的痛苦、丧失男儿之身时的焦灼和绝望就像暴风雨一般，一齐朝着呆立在窗外的奴才的心头袭来。

要问我是怎样回应珍妃娘娘的，现在只记得一句。伴随着漫天飞舞的沙土和冰粒，奴才充满敬仰之情说了声："谢谢，太谢谢您了。"

然后，已不知说什么才好的奴才，对着再不言语的珍妃娘娘行了三跪九叩之礼。

就像才刚学会如何行礼的徒弟一样，奴才在铁窗外挺直背脊，下跪，将头磕得咚咚响。

这个地方就是这样了。

除了有一座囚禁过一位可怜的王妃的宫殿外，其他没什么好看的了。对，岂止是可怜的王妃，现在所有的中国人都成了你们洋人的阶下囚了，这个紫禁城不就是一座巨大的冷宫嘛。

现在我们从刚才的那道门出去，到太后宫后面的那口古井去看看吧。

我们靠着墙走，进了贞顺门，就能看见那口井了。

这些年，宫里一下冷清了不少。太监、宫女只剩下一半人了，很多人在义和团骚乱时逃走了，也有不少人趁着朝廷避难西安的混乱之机跑了。

现在估计太监都不足千人。这些人当中，不是年老体弱多病，就是没有自信走上社会和普通男人一样干工作。所以你们也看到了，宫里静得像服丧似的。静心细听，还能听见沙子落地的声音。

大清怕是不行了吧?

奴才年轻时经历的咸丰、同治两代，虽然也是内忧外患，但宫里却繁华得很，歌舞升平昼夜不辍，四季花开鸟语花香。那时，悬挂在宫殿屋檐下难以计数的鸟笼里，日夜都响着鸟鸣声。

奴才做梦都没想到，到了这个岁数，还能和洋人们一起在这无声无色的紫禁城里晃悠。

一切都该收场了吧?

就在这边。

这里是太后宫的北端，后面一排简陋的小屋，住的是一些被称为"苏拉"（清代内廷机构中担任勤务的差役，是清宫中的低级杂役人员——译者注）的地位卑下的奴仆。

那是贞顺门，很小，是不是小得像玩具? 西安避难的时候，就是在这里准备上路的，为的是不惹人注意。

哎呀，当时真的是手忙脚乱哪。洋人的军队在逼近，头顶上满是呼啸的流弹。

因为神武门外挤满了逃难的人，所以宫里避难的人在换成汉人装束后，只能三三两两分散离开京城，然后在长城下的南口会合。

啊，那个就是——珍妃娘娘殒命的古井。这里真是个寂静得可怕的地方。四周是高高的红墙，整天见不到阳光。

各位是不是有点累了? 在那边椅子上坐一会儿吧。这里潮气很重，凉森森的，就像在水底下。不过身子走累了，在这里休息一下倒是挺舒服的。

奴才还在学徒的时候，不懂事，干活常偷懒。因为这口井的水质好，我就常借口到这里汲水，溜出来玩耍。

李莲英、常莲忠那时也不过是十来岁的孩子。我们常用汲上来的井水清洗遭打的伤口，分吃偷偷带出来的点心，发泄心头积郁的苦闷。

贞顺门外有戒备森严的禁卫军部队，他们看上去威风凛凛，心地却都很善良，对我们的举动他们都是装作没看见。

李莲英可不是坏人! 他的大总管位子让给了年轻的李春云后，人们就像看待恶魔一样讨嫌他。其实，奴才八岁的时候就和他一起同甘共苦，对他的为人最清楚了。

他是个非常淘气、可爱的孩子，他孩童般的顽皮个性直到他长大成人、出人头地，还是没有改变。

说到恶魔，我要告诉你们真正的恶魔到底是谁，那是一个光是想一想就会汗毛倒竖的魔鬼。

就是那个把大清搅得一团糟，杀了几十万人，还理直气壮地杀害了珍妃娘娘的真正的恶魔。

各位听好了。这里四周有高高的围墙，是没有天花板的密室，就像幼年时小太监们一起发泄郁闷时一样，不怕声音会传出去。

大家知道端郡王载漪这个人吗？

就是那个长着一张丑陋的麻子脸，一双细眼像老鼠般锐利，说话声音尖细刺耳的恶魔。

杀害珍妃娘娘的凶手除了他，还会有谁呢？不用再怀疑是谁下了令，是谁下的手了。

这个载漪趁着皇上避难西安大家手忙脚乱之际，独断专行，杀死了万岁爷的爱妃。

实际上，没有一个人知道事情的真相，包括袁将军、瑾妃娘娘。

怀疑这是编造出来的假话？道理是明摆着的，端郡王载漪已经因义和团骚乱获罪被流放到新疆去了，我没有必要再将无妄之罪加在一个罪人身上。

载漪是道光皇帝第五个儿子惇亲王奕誴的孩子。也就是说，他和同为"载"字辈的万岁爷、先帝同治陛下是堂兄弟。

同治皇帝驾崩时才十九岁，还没有后嗣。为此，他的生母老祖宗非常伤心。

从醇亲王家请出才四岁的载湉坐上大清皇帝的龙椅，固然是因为万岁爷的生母是老祖宗的亲妹妹，但原因不仅仅是这个。

醇亲王还有哥哥惇亲王、恭亲王，从年龄上来说，他们家都有许多更适合继承皇位的阿哥。

特别是恭亲王家的孩子，个个都像父亲奕訢一样聪明，大家都对他们寄予很大的希望。可是，老祖宗却把恭亲王看作自己的政敌。因为如果让恭亲王的儿子继承皇位，恭亲王就成了太上皇，老祖宗就只能抽身而退隐了。所以，以天下第一自居的老祖宗是不可能挑选恭亲王的儿子继承皇位的。

那么，惇亲王家呢？告诉你们，他家的孩子都和父亲奕誴一个样，个个都是游手好闲、没有出息的草包。这怎么能行呢？所以，最后选了年仅四岁的载湉登基，成为清朝第十一代的光绪皇帝。

没多久，惇亲王家的三个阿哥分别被封为惇亲王、端郡王和辅国公。

至于端郡王载漪在成年以前在哪里做了些什么，奴才已完全没有记忆。总之，无论是在他降生的惇王府，还是后来过继的端王府，都不见他做过什么值得一提的事，也不知为什么，宫中举行的仪式也从不见他参加。

有传说，他常混杂在前门外舞刀弄枪的市井之徒中，或在戏院出没，沉迷于唱戏。反正，这几十年来，他早忘了自己的身份了。

一个拥有爱新觉罗这样高贵姓氏的皇亲，还是乾隆大帝直系的玄孙，竟会成为义和团拳匪的头目，这真是件让人难以置信的事。

各位是否想过，政治手段如此老练的老祖宗，怎么会面对庚子之乱束手无策，造成如此愚蠢的结局的？你们不觉得奇怪吗？

这全是端郡王载漪捣的鬼。

万岁爷被囚禁南海瀛台后，他的身体状况就明显变差了，常常卧床不起。大家担心，万一有个三长两短，又没有皇位继承人了。再说，这会儿可不像上次，老祖宗年事已高，得赶紧在皇亲中立下太子。

同治皇帝驾崩的那会儿,各个王府都会叫来方士和喇嘛,祈祷大命会降临到自家孩子的身上。可就是这次,他们叫来方士和喇嘛却是祈祷儿子不要被选上。想想也不奇怪,看看这几年来的世态,还有万岁爷的处境,有谁家的大人会祈愿不幸降临到自己家的孩子身上呢?

就在亲王们个个惧怕老祖宗找自己谈话而不想入宫的时候,有一天,端郡王载漪突然带着他十四岁的儿子溥儁来到了太后宫。

那些披着人皮的恶魔走在路上的情景,奴才可是记得清清楚楚。记得那天也和今天的天气一样,是一个飞沙走石的秋日,载漪的身后居然还跟着一帮身穿红衣红裤、脸上涂着黑炭的义和团拳民。

其实,对于这件事,我后来在去西安避难的路上问过大总管李春云。那个如此能干并深得老祖宗信赖的春儿,居然会同意让那恶魔谒见老祖宗,奴才和其他太监对此都觉得不可思议。

那天,春儿也是痛悔不已,他说:"端王本来很少有机会谒见太后,但那天他说是带了一出戏来给老祖宗解闷儿。而那段时间老祖宗正好心情郁闷,于是奴才就让端王爷进了宫,想着能给老祖宗排忧解闷。当然,那时奴才根本不知道这些人是义和团的拳民。那天在畅音阁戏台上的打斗场面确实看得人目瞪口呆——"

春儿是全由太监组成的南府剧团的重要演员，内行的他作出这样的评价，可以想见，端王带来的戏是很值得一看的。但他随后又加了一句："但那是个大骗局。"

直到最近我才知道，义和团的那些人，原本就是一帮子在街头舞刀弄枪卖艺的江湖人士。他们把江湖上传说的所谓刀枪不入作为"神军·义和团"的招牌。

但是，对这些江湖伎俩一无所知的老祖宗却对这些人的招术信以为真，认为是神灵附体。

于是，端郡王作为这些"神兵"的头领立即得到老祖宗重用，不久他的儿子溥儁也被封为"大阿哥"，也就成了大清的皇太子。

大阿哥长得不像他父亲，眉清目秀的，是个美男子。也就这一点看得出是爱新觉罗的血脉，但他的内心却是邪恶的。

第二年正月，他从端王府搬到紫禁城后宫居住后，邪恶的本性立刻暴露无遗。

先是性侵宫女。他是皇位继承人，看上几个宫女据为己有也没人会说什么。但他太没有节制了。上到年已六旬的老妇，下到还在学习礼仪规矩的才十岁的幼女，他都不放过。作恶的地方他也不加选择，宫殿里、院子里、道路边，他都会下手。有太监实在看不过去出来制止，被他活活毒打死了。

那段时间正是老祖宗心灰意冷的时候，他的父亲端郡王便刻意逢迎，让她相信义和团是一群忧国忧民志士，只有他们才能实现扶清灭洋的理想。他还不停地上奏，说是只要老祖宗下令，刀枪不入的拳民立刻就能把洋人赶到海里去，恢复大清的威严。

后面发生的事，大家都知道了。

那些自称刀枪不入的拳民像魔鬼似的在京城四处作恶，结果成了洋人枪炮下的冤鬼，尸体堆积如山。

再说珍妃娘娘是怎么遭受这个恶魔的毒手的——啊，只要提起这件事就让人厌恶，但各位又不能不知道它。

后宫的冷宫里正囚禁着一个闭月羞花的美貌妃子，这事那个色魔大阿哥不可能不知道。但是唯有这件事，大阿哥光凭自己的力量无法随心所欲。因为当时宫里的人，从大总管到苏拉、奴婢，人人都在同情万岁爷和珍妃娘娘的处境。

更何况，万岁爷的妃子对大阿哥来说，就是长一辈的母亲。就连老祖宗也为提防万一，一方面一再提醒大阿哥不可造次，另一方面加强了对冷宫的警戒。

尽管如此,学得一点街头武艺的大阿哥还是不死心,多次趁着夜色潜入冷宫。

他像猴子一样爬上高高的柏树,然后像夜猫一样蹑手蹑脚地在屋瓦上奔跑,有好几次都被警卫抓住,惊动了老祖宗坐了凤辇去解围。

——那天端王和大阿哥也在场,为什么所有人都要隐瞒这一事实呢?

请往这里走。

看这回廊的对面,这里就是倦勤斋和倦勤斋的院子,就是那天出宫前,众人聚集在一起的地方。

唉,都荒废成这样了。恐怕是谁都不愿去回想那天发生的事吧。

确实,不管是谁,都会把这两个恶魔的丑行当作一场噩梦。

一想到堂堂大清的荣耀会毁在这些恶魔的污秽之手,谁都不愿提起这件会成为后世话柄的丑事。

连我这个奴才也羞于在洋人面前提起这种让人无地自容的丑事,一说起来就感到心情郁闷。

是的,当时老祖宗和万岁爷确实在倦勤斋里,两人对外面

~ 199 ~

发生的事情应该毫不知情。当奴才背着已被吓晕的瑾妃娘娘走进院子的时候，看上去像是大部分人都已到齐了。

当时，同治先帝的三位贵妃在倦勤斋的凉台上，李莲英和荣禄将军站在宫殿的门前，看护着正在殿里的老祖宗和万岁爷，皇后娘娘则坐在殿下的青铜水瓶旁。然而，那两个恶魔却坐在对面符望阁的凉台上，俯视着院子里的人的一举一动。

此时袁将军在不在？我记不真切了，可能在为贞顺门外尚未弄停当的出行准备来回奔忙。

端郡王载漪的模样可怖得让人无法直视。奴才原本以为他十分清楚这一切全是自己种下的因，稍有收敛也许会变得和善一些，没想到他那张丑脸变得越发邪恶了。

当奴才把全身瘫软的瑾妃娘娘放在符望阁的台阶上时，正听见这两个恶魔在悄悄说话。

"阿玛，我漏做了一件事。"

听着这个龟儿子的话，做父亲的咧开嘴阴险地笑了。

是的，不知为何，总觉得这两个人像是刚享用了一顿饱餐似的一直在傻呵呵地笑个不停，根本看不出此时已在生死存亡的关头。

大阿哥身穿一袭黑衣，端郡王则活像个土匪头子，身上穿着还带了一颗熊头的皮衣，腰间左右各插着一把很大的手枪。

"若还有没做的事，就趁现在快做。逃亡的话，载湉和珍妃会在一起。到那时，你就无法下手了。"

"嗯，载湉会在一起……可是，阿玛，现在流弹飞来飞去，站都站不起来呀！"

不知瑾妃娘娘有没有听到上面恶魔的说话声。她瘫坐在台阶上，精神恍惚。

"真难办！那女人像个木偶，这世上找不到第二个！刚才隔着牢房的窗户朝里张望，眼睛都快看瞎了。"

"别啰啰嗦嗦说个没完，想干就快干！手枪你拿去用。"

"载湉那家伙一定会生气的。"

"哼，那又怎么样！那家伙硬生生地夺走了原本该我坐的皇位，总有一天我会要他的命！"

"嗯，趁现在乱哄哄的时候下手正好，这样我就是皇帝了！"

"不，不能让他死得那么痛快。都是那家伙，我才吃了那么多苦头。要慢慢折磨他，让他死得难受。"

就在那个时候，院子里不知是谁说出了珍妃的名字，像是好容易才想起似的。

——是不是该带上珍妃……

——对、对，差点把她给忘了。

如果奴才没有听错的话，嫔妃们是想借这个机会从冷宫中救出可怜的珍妃，让她和万岁爷一起去西安避难，对此谁也不会说出类似抱怨的话来。

"切！这下坏了！这不正如载湉所愿？"

"怎么说？"

"拆散的夫妻可以聚首了呀！多事！我正想要他的命呢！他妈的，太可恶了！走吧，我不能再待在这儿！"

"走？去哪？"

"那还用说，冷宫啊！"

当我站起身走下台阶的时候，能清楚地听见这两个恶魔低低的说话声。

"杀了她，我不想让载湉如愿以偿。"

说句实话，奴才当时听了真是大吃一惊，脑子一下子懵了，甚至弄不清这两个是什么人，想干什么，所有这些都是我事后慢慢回想才弄清楚的。

恍惚中，记得这两个已非正常人类的身影飞一般地离开院子，一下子跑得无影无踪了。

站在院子里是看不见回廊外的那口古井的。过了一会儿，突然传来一阵女人的惨叫声，还有袁将军非同寻常的斥骂声，众人纷纷朝出声的方向望去。

"大阿哥，你在干什么？珍妃娘娘可是万岁爷的妃子啊！"

"滚远点！贱人！"

一声枪响，袁将军按住肩头滚进了院子里。

"皇上！老祖宗！出大事了！端王爷和大阿哥把珍妃娘娘……"

一众人纷纷冲到袁将军的身旁，大家战战兢兢地顺着袁将军那带血的手指所指的方向望去——

他们正在把珍妃娘娘白皙的双腿塞入古井里。

两个恶魔狂笑着，各抓住珍妃娘娘的一条腿，像用杵捣鼓什么似的使劲往井里塞。

"妙计、妙计！让你难受，越难受越好！最好让载湉看着他心爱的女人遭受折磨、沉入深不见底的水井！就算一下死不了也不要紧，呆个十天半月，瘦掉点肉就沉下去啦！"

就在那个时候，有一颗炮弹落在附近炸开了，所有的人都吓得匍匐在地。醒过神来后又都一窝蜂地朝贞顺门跑去。

是的，我想所有在场的人都会把当时的场景当作一场噩梦。

这两个恶魔后来都因勾结义和团而被治罪,但他们又是杀害珍妃娘娘的凶手,这事却没人过问。

难道,大家到现在都还以为,当时的场景只是一场噩梦、是幻觉?

但奴才觉得,这是一件发生在现实中的真事,不可能是幻觉。尽管说起来大清的荣耀和骄傲同我们卑贱的太监毫无关系,我也不必如此执着。

各位可能要问,端郡王载漪被流放到了新疆,他那个不成器的儿子溥儁后来怎么样了呢?我所知道的是,他后来被废除了"大阿哥"的称号,其他没听说再受到什么处罚。

啊,对了!

我得提醒各位务必小心行事,但愿这只是多余的担心。

已成了街头小混混的溥儁,假如知道你们这些洋人正在寻找杀害珍妃娘娘的凶手的话,说不定会满城追杀,索要你们的命。

你们走北边的神武门回去,各位的马车等在那儿。

沙尘暴刮得更厉害了。你们看,秋天的太阳还高挂在天空中呢,看起来却已经像一轮银色的圆月了。

回到北京饭店后,得仔细漱一下口。不仅是弄干净口中的沙子,还有这座紧锁在历史黑暗中的紫禁城里处处弥漫着的眼睛看不见的瘴气。

请各位务必小心行事。

那个背着一身大清孽障的少年，保不定就躲在哪个胡同，正要取各位的性命。

谢谢各位耐心倾听奴才说出事情真相，只是，说出来之后，奴才内心也是充满了恐惧。

谢谢！太谢谢了！

让我送你们到神武门吧！

第七章
小恶魔
——被废太子爱新觉罗·溥儁的证言

一回到北京饭店，四位贵族便坐在装饰有豪华吊灯的大厅里，用苏打水滋润干燥的喉咙。

"总算缓过神来了，就像从噩梦中醒来一样。"

索尔兹伯里将军点上烟，仰头望着头顶上的大吊灯，说出了大家的心里话。

第一次踏足迈进的紫禁城后宫静谧沉郁，宛如置身于湿漉漉的井底之下。现在每个人的脸都像是刚刚从噩梦中醒来一般，苍白，浮肿。

"找件开心的事散散心吧！"冯·施密特大校挤出笑脸提议

道。"对了，今晚我们德国公使馆正好有一场宴会，将由昨天刚从上海过来的新厨师掌勺，还有新来的弦乐四重奏组助兴。"

彼得洛维奇总裁将肥硕的身体陷在沙发里一动不动，只是无精打采地应道："该不会是中国厨师吧？乐队恐怕也是二胡、笛子、铜锣的胡乱组合。"

"别开玩笑了！"

一向为人严谨的德国军官施密特这会儿也露出了他少见的不悦表情。现在每个人都是身心俱疲，满身尘土，心情难免烦躁。

随手将满是尘土的礼帽递给副官的索尔兹伯里，此时就像一个远航归来的水手，洁白的牙齿尤其醒目。当然，他被晒得浅黑的脸并不是海风和烈日造成的。

"这是个好主意，大校。各位觉得怎么样？一方面转换一下心情，另一方面把调查总结会也顺便开了。今天就让我们享受一下柏林的美肴和莫扎特的音乐吧！"

"Khorosho（行）！"陷在沙发里的彼得洛维奇挥了挥那大得像芭蕉叶般的手掌表示同意。

"教授，你呢？"

"当然赞成——"松平教授转身将他积满沙土的高筒礼帽

放在边上的大理石桌上。

　　"只是，我们现在这个样子对于来自柏林的音乐大师，实在是有失礼貌。几点到呢？"

　　"晚上七点吧。"施密特扫视了一圈后说。

　　俄清银行总裁谢尔盖·彼得洛维奇公爵带着他忠诚的华人仆从离开他靠近崇文门的府邸的时候，他怀表上的时间正是六点过后。

　　秋天的凉风吹拂在他刚洗完澡的肌肤上，令他感觉特别舒爽。

　　"偶尔冲个澡感觉也不错！"公爵抚着他满脸红色的络腮胡，朝西边的东交民巷方向走去。

　　彼得洛维奇平时没有洗澡的习惯。自从幼时因患感冒差点送命以后，他就很讨厌冲澡。好在这个国家可以很方便地买到价廉物美的香水，盖住体味还不至于很难。他最多一星期冲澡一次，那也得是在准备和女人一起上床的时候。泡澡则是一个月一次，不过也不一定。

　　只是今天有所不同，落了一身的沙土不说，还在四处弥漫着来历不明的瘴气的紫禁城走了一圈，得将身体的每个角落都清洗干净才行。

一走出浴室，公爵就觉得自己像一只刚蜕了壳的昆虫，于是决定在街上吹吹风，步行去位于东交民巷中段的德国公使馆。

虽然还只是初秋时节，可公爵却早早穿起了黑貂皮外套、戴上了皮帽子。北京土生土长的仆从不解地问他热不热，因为他不知道莫斯科、圣彼得堡的寒冷远远胜过北京。公爵已不知道热的感觉是什么样的，而且他再怎么热也不会出汗了。

彼得洛维奇在胡同里走着，乍一看还真像是一个巨大的物体在晃动，孩子看到了都吓得四处逃散，走到十字路口时，遇见的中国人也无一例外地发出惊叫声。

"这一带看来都恢复得差不多了，前一段时间都还是一片瓦砾。"

与公使馆街相邻的那个地块，义和团闹事的那会儿荒凉得就像一片沙漠。

"唉，那时候真是惨哪……"就像影子般紧跟在公爵身后的仆从叹着气说。

"这一带的人，不管是在公使馆干活的，还是讨饭的，大多是天主教的信徒，所以就成了义和团拳民的眼中钉。"

已经上了年纪的仆从叹息说，他的家人和亲戚也死在了拳民的屠刀下。

"老爷,您听我说!那时,只要是和洋人有些来往的,那些人就管他叫二毛子,毫不留情地统统杀掉。"

"他们怎么知道有没有和洋人来往?那会牵连上很多无辜的人啊。"

"是啊,这些人会在抓来的人胸前烧一种纸,如果纸灰飘在空中就没事,只要和他们一起跳上一段表示感恩的舞蹈就被释放了;但是如果纸灰掉在地上,那你就是二毛子,当场让你身首分离!"

"太不像话了!"

"是啊,要是正好遇到风大的日子也就算了,通常的情况下,烧起的纸灰哪有不掉下来的道理?所以,光这一带就死了成百上千的人哪!后来洋人的军队攻进了崇文门,那更是雪上加霜,这些人杀起人来就像杀猪宰羊似的,连房子都烧了个精光。唉,真是祸不单行哪!"

灾难过后,人们在大片的荒地上建起了医院和学校,四周按原样造了房子,这样,又恢复形成了原先的胡同模样。

"那些胡作非为的拳匪呢?后来都去了哪里?"

"应该都下了地狱吧!"

"要真是那样的话就好了。现在我每天晚上睡觉都会做梦，梦见那些穿着红衣服的人一边念着可怕的咒语，一边不停地来回走着……"

当两人说着话儿走到一条窄小胡同的拐角处时，仆从停下了脚步。

"老、老、老爷！"

"怎么了？"

"您、您、您看！"

隔着飞扬的沙土，眼前隐约可见有一群身穿红衣服的人。路中央站着六七个人，一边砖墙上也有两个人。

"拳民？不会吧？"

"老爷，没错，是义和团！啊，是不是在做梦？"

"这都是些孩子吧？调皮的淘气鬼，干什么不好，偏偏学着义和团的模样玩耍。"

"可是……怎么会这样，红衣服上还系着黑带子，如果说是玩耍，那也学得太像了。我们别理他们，悄悄地走过去吧。老爷，我看这些人的眼神不对劲。"

从年龄上看，这些人顶多十二三岁，最小的大概只有八九岁吧。所有人都学着义和团拳民的样子，双手叉在胸前，一副天不怕地不怕的模样，静静地看着两人慢慢走过去。

这些人身上穿的衣服，看上去像制服，其实就是用一些红色的破布胡乱缝合起来，布料估计是从哪个寺庙里偷来的。

"杀！杀！"

这些孩子对着装作什么都不知道、慢慢走过去的彼得洛维奇叫喊着义和团联络的暗号"杀"。

"真没办法，这些淘气鬼！"

但是，这些孩子的表情有着不太寻常的邪恶之色。他们个子虽小，脸色却不像个孩子，看着简直就像蝙蝠或沟鼠。

"杀！杀！"

突然，一个看上去稍年长的孩子从墙上飞身跳了下来，挡住了两人的去路。

"哎呀，你们要干什么？"

彼得洛维奇停下脚步，故作镇静地斥责道。孩子们学着义和团的样子，摆出一副街头耍艺般的阵势来。

"施舍点钱吧，老爷。这些小子看来是在勒索钱财。"

原来如此！彼得洛维奇恍然大悟。外国人通常对街头乞讨、杂耍习以为常，照他们刚才这么用心的表演，确实也应该给些赏钱。

"行、行，表演得不错啊！"公爵说着从口袋里掏出钱包，从中取出一枚俄国银币扔给他们。

"大家好好平分，这下可以有一阵子不用饿肚子了！"

看见扔在地上的银币，孩子们蜂拥而上。可就在那一瞬间，彼得洛维奇的笑容凝住了，他从捏着银币站起身的少年长长的衣袖里看见了一把刀。

"杀！"

一把短刀深深地插在仆从的心窝处。还没弄清到底发生了什么事的老仆从向彼得洛维奇送去了一张可怜的笑脸。

"老爷，这、这到底……"

鲜血汩汩地往外冒，仆从仰脸倒在了地上。

"杀！杀！"

这些小恶魔又一齐朝身材高大的彼得洛维奇拢来。厚厚的貂皮外套救了他的命。来自四面八方的刀子并没有刺到他的身子，黑貂皮帽也为他挡住了棍棒的袭击。

"乌拉——"

彼得洛维奇使出吃奶的力气将涌上来的孩子一个个推倒，只要有手碰到他的身子，他就一把扭住摔向砖墙。

小恶魔终于像蜘蛛般四散逃去。

"啊，这、这到底是怎么回事？"

气息全无的老仆从仍睁大眼睛望着尘土滚滚的傍晚天空，彼得洛维奇抱起他的头，口中不停地喃喃着仆从咽气前的那句话："这、这到底是怎么回事？"

就在彼得洛维奇遭遇无妄之灾的差不多同一时间，索尔兹伯里也在把脏兮兮的海军军服换成夜礼服后离开了北京饭店。

马车离开饭店后，从东大街往右拐入王府井，驶进了罗伯特·赫德的豪宅大门。

算起来，清国海关总税务司罗伯特·赫德在北京已干了四十年，他也是唯一一个可以随时面见大清皇室人员和高级官僚的外国人。

马车在豪宅内宽阔得有点过分的大道上疾驰着，坐在车上的索尔兹伯里心里在嘀咕，这样一个家伙怎么没被拳民杀掉呢？

据说，这座豪宅占地面积有八英亩，比任何一个外国公使馆都大。如果真是这样的话，那就超过了它的东邻裕亲王府和西邻肃亲王府了。

罗伯特·赫德这人之所以拥有如此巨大的财富和权力，就和这座豪宅大得出奇一样，也有着一个奇葩的原因。

鸦片战争、中法战争、亚罗号事件、甲午战争、八国联军侵华，中国每次战败都会被迫割地或支付巨额赔款。积贫积弱的中国哪里拿得出这么多钱，每次赔款都是分期付款。但即使是分期付款也是捉襟见肘，别说按条约规定支付本金，就连利息都付不起。于是，作为债权国的列强各国作为一种理所当然的权利，控制了中国政府的财源——关税。这样就有了罗伯特·赫德作为列强各国的全权代表就任"清国海关总税务司"的结果。换句话说，一个行将就木的大国的年收入，任由一个外国人随心所欲地操纵。

只在照片上见过罗伯特·赫德的索尔兹伯里并不想去见这个人。仅仅是因为在中国呆了四十年，就获得了"总税务司"的头衔，也仅仅是因为这个职务的分量，就跻身于英国贵族的行列，对这个飞黄腾达的暴发户罗伯特·赫德，即使是在英国地位显赫的索尔兹伯里家族的一家之主，也不得不屈尊上门拜访。

黄昏的庭院里，赫德家的铜管乐队正在练习演奏军乐。这种事只会出现在世界上最富有的人的家里。

"说夸张已经是轻的了，简直是愚蠢至极。"索尔兹伯里不由得骂出粗鲁的话来。

马车终于在一座足可与白金汉宫媲美的宫殿门前停下，可不知为什么却没有人出来迎接。大光其火的将军不想自己亲自开门下车，便摇下车窗喊叫起来。

"罗伯特·赫德先生不在家吗? 可事先已有告知, 今天下午六点, 埃德蒙·索尔兹伯里将拜访他。"

令他意想不到的是, 闻声跑出来的竟是一个印度佣人。也许是心理作用, 索尔兹伯里总觉得这个印度人一直在对着他傻笑, 似乎并不把这个坐在车里的将军放在眼里。

"老爷出去打猎了!"

"怎么?"

"阁下, 您要听老爷捎的话吗?"

印度佣人靠近马车窗边, 故意模仿着他主子的口音和举止, 转达了毫无礼貌可言的口信。

"应该是麦克唐纳公使命你一到北京就来见我吧? 我才不管你是首相的表弟还是伯爵、将军, 怎么可以随便叫一个下级士官带来传令, 说今天就上门来? 而且还是去德国公使馆赴宴顺道而来, 太不像话了! 我还是按照事先的安排去打猎了, 如果你有耐心等我回来, 那就找个人下棋吧——对了, 你会下棋吗, 阁下?"

"太过分了!" 索尔兹伯里狠狠地唾了一口。

"回国后我第一件事就是要告诉国王陛下, 维多利亚女王生前做过的唯一一件错事，就是把爵位给了一根马骨头！走，快点，弄脏了我身子会得鼠疫的！"

于是，车夫大喝一声，催马起步。

这座豪宅还真是大，处处都是枝繁叶茂的洋槐树，马车沿着宛如绿色隧道的砂石路朝大门奔去。

马车上，已气得浑身发抖的索尔兹伯里在反复思考，这事要不要在晚宴的时候说出来？像罗伯特·赫德这种从不把秩序和礼仪放在眼里的人现在大权在握，对王政的前途是个很大的威胁。但转而一想，家丑不可外扬，还是别在众人面前暴露这一大英帝国的耻辱吧。

当马车融入浓郁的绿色之中时，索尔兹伯里发觉背后似乎有人，他不禁转过了头。

猴子？不对。是中国的小孩。两颗光头上扎着小辫的脑袋正在座位后方的玻璃窗外晃动。

自从来到北京，他对这类恶作剧早已司空见惯，也毫无办法。这些调皮的顽童常爱吊在车后久久不愿下去。

"喂，下去！"索尔兹伯里用手杖柄敲着车窗驱赶，但这两个孩子毫不理会，只是开心地笑着。他们眯起细小的眼睛，嘴里发出莫名其妙的叫声。

"杀!"

这是什么意思? 是中国的孩童玩耍时爱说的招呼声?

"杀!"

"杀!"

索尔兹伯里只得放下马车门的窗玻璃, 伸出头去对吊在车后的孩子说:"别闹了行不行? 我也不是不让玩, 只是你们要安静些。"

"杀!"一声叫喊后, 这两个孩子跳下了车。他们像杂耍的艺人一样一着地便转了个圈, 一溜烟朝洋槐树林里跑去。

唉, 真没办法! 索尔兹伯里关上了车窗。他忽然发现对面车座上有一个油纸包的纸团。这是刚才吊在马车一边的孩子嘴里喊着"杀"声投进来的。

"太不像话了! 顽皮的孩子真是全世界都一个样!"索尔兹伯里想起了自己的孙子。但是, 当他抓起那个纸团时, 嘴里却发出了一声尖叫。

"停车, 快停车!"

手杖敲碎了窗玻璃, 将军从戛然而止的马车上滚下了地。

"阁下, 您怎么了?"

索尔兹伯里紧紧抱住车夫的脚, 用颤抖的手指着马车座席。

小孩丢进来的纸团正发出沙沙的声响，从中爬出一条尾大如龙虾的蝎子，对着将军怒目而视。

就在谢尔盖·彼得洛维奇公爵在崇文门大街附近的胡同一角遭遇袭击，埃德蒙·索尔兹伯里将军在罗伯特·赫德豪宅的树林里碰到倒霉事的时候——

东京帝国大学文学部教授松平忠永子爵正离开东交民巷的日本公使馆，朝着斜对面相隔一条槐树林荫道的德国公使馆走去。

此时，秋阳西下，尘土飞扬的天空呈现出象牙色。眼前的景色就像一张陈旧泛黄的黑白照片，处处是没有阴影的奇异亮色。

日本昼长夜短的现象不明显，松平教授搞不清时间，当他走上东交民巷的槐树林荫道时，才猛然发觉离晚宴开始的时间还早着呢。

日本公使馆的正对面是香港上海银行，一幢石砌的建筑；银行东邻就是德国公使馆。围墙内，透过茂密泛黑的槐树叶隐约可见公使馆墨绿色的精致屋顶。

东交民巷并不是条约中规定的租界，但实质上就是占据着北京市中心的"外国"。在义和团闹事那会儿，血气方刚的拳民和据守各公使馆的外国人展开了历时五十五天的激烈的攻防战。

如今，这儿已经找不到任何战斗的痕迹。

干净整洁的林荫道上，主要以独居的公使馆人员和警卫士兵为顾客的中国人路边摊一个接着一个。

馄饨、煎饼果子、馒头、炒豆子、烤羊肉串——摊贩一边操着半生不熟的外语招徕顾客，一边不停地忙着手里的活。哦，现在正是东交民巷的晚餐时间。

松平教授站在香港上海银行正门的台阶上，眺望着眼前充满活力的一幕。

"你好，先生！"一个拖着长辫的可爱少年双手抱着一大捧白色菊花，挺直身子招呼松平教授。

"叔叔，这花是不是很漂亮？是今天早上在柳村才开的雏菊，您买下吧！"

教授微微一笑，用纯正的北京话回答说："行，我全买下了。多少钱？"

照着开价付钱之后，教授收下了白菊。

"叔叔，您不是军人吧？"

"当然，你看我的打扮就该明白吧？"

"那，是官府里的人？"

"也不是。你为什么要问我的职业呢？"

少年开心地笑着说："日本人看上去都长着一样的脸，不管是军人、官人，还是大学里的先生。"

"嗬，是吗？可我看中国人也是长着一样的脸。"

"叔叔……"少年嚅动着他那如同涂过口红般色泽健康的嘴唇，带着恳求的语气问道："我还剩下一点花，您能买去吗？"

教授心想，中国人真会做生意，稍给点好脸色，就得寸进尺了。教授一手抱着满满一大捧白菊说："我已拿不下了。"

"不是还有一只手嘛！"

"不行、不行，这只手得拿拐杖，还得脱帽子和人打招呼。"

说着，教授把手杖夹在腋下，做出用左手脱帽的动作。

"不行吗？"

"怎么说呢，实在是没办法啊。剩下的花在哪里呢？"

"那边。"少年提起教授手杖的前端，指了指林荫道的尽头。

"我娘病了，所以和哥哥一起出来卖花。"

"是吗？真不容易。那你父亲呢，干什么工作？"

"问我爹吗……"少年垂下长长的睫毛看着脚尖。

"我爹在庚子之乱中死了。"

啊，松平教授抬头望向白色的天空。

"是被拳民杀死的？"

"不、不是的，我爹是义和团的人，是被洋鬼子的子弹打死的。人家说，子弹打过来的时候，只要念着咒语就会弹回去，可他还是被打死了。"

少年拉着教授的手朝前走着。

两人走过了德国公使馆的门前，又转过了叫卖声特别热闹的法国公使馆一角。

"要到哪呢？我晚餐还有约会。"

"马上就到了，就在那边胡同。"

一辆马车从道路的北边疾驶而来，教授连忙拉住少年。马车的车头上飘着一面英国米字旗。

"啊，将军！索尔兹伯里将军！"

看来是没听见喊声，马车发出吱吱嘎嘎车轴摩擦的声响，一拐弯，朝东交民巷奔去。

"叔叔，那人是您朋友？"

"啊，晚餐时间快到了，我得赶紧过去。"

教授刚才发现，坐在马车里的索尔兹伯里伯爵脸色很难看。他说过，去德国公使馆前会去一下总税务司罗伯特·赫德的公馆，会不会碰上了什么不愉快的事？罗伯特·赫德和索尔兹伯里，一个是臭名昭著的无赖，一个是清正廉洁的贵族，这两个人本来就是水火不相容。教授朝法国公使馆前方的罗伯特·赫德公馆瞟了一眼后穿过了马路。

走进狭窄的胡同后不多久便看到一幢破旧的民宅。

"这样吧，孩子，菊花等一会儿交给德国公使馆的门卫好了，我先把钱给你。"

门内飘出的阵阵臭味让教授无法忍受。一个出身高贵门第的贵族，自己又是名牌大学的教授，平时过惯了衣食无忧的日子，一走到这种地方，松平教授便产生了想躲避的本能。

"为什么？都已经走到这里了。"

对啊，为什么呢？头脑聪慧且爱思考的松平教授反问自己。这确实是个缺乏合理性的理由——当他明白自己仅仅是嫌这个地方卑贱而想躲开的时候，便鼓足勇气跨进了大门。

"叔叔，走这里。"

走过狭窄的甬道，前面是一个瓦砾铺地的院子，院子四周围着砖瓦造的房子。这便是北京典型的民宅——四合院。

原先蔚蓝的天空渐渐转暗，四四方方的房屋楼顶，成群的蝙蝠从这里飞到那里。明明没有一丝风，怎么背后的院门会砰的一声关上了？

"杀!"

从昏暗的正屋里传出一声尖叫。就像是一呼百应似的,院子四周房屋的窗户和门里也随之响起一片喊杀声。

"杀!"

"杀! 杀!"

听见这一连串的"杀"字,教授心知不好,立刻背靠院子中央的大水缸,摆出防卫的姿势。

"孩子!"

刚才那个少年已不见踪影。此时,教授想起了在紫禁城时太监的警告:"请各位务必小心行事。那个背着一身大清孽障的少年,保不定就躲在哪个胡同,正要取各位的性命。"

教授扔掉手中的白菊,紧握手杖。直到今天没有一个人知道,他的手杖其实是一把用来防身的剑。教授虽然个子矮小,却好歹也是武士门第出身,有一手好剑术。

"你们这些野蛮人——"

教授背靠着用来储存雨水的水缸,身子慢慢移向正屋。四面八方依然传来阵阵的"杀"声。

"出来,胆小鬼!"

正屋的门开了,里面走出一个年约十七八岁、肤色白皙的少年。教授一看就明白这人是谁了。眼前的年轻人身穿红色长袍，腰系黑色布带，打扮奇特，但他尖细的下颚，直挺的鼻梁，整张脸的轮廓一望便知是"爱新觉罗"的后代。

他见过光绪皇帝载湉、同治皇帝载淳，还有醇亲王载沣和镇国公载泽的肖像画，都是一样的长相。

"是溥儁吧！"

"无礼！叫大阿哥！"

肤色白皙的恶魔扬起薄唇的唇角，尖声叫道。就像窜出的老鼠，他手下的孩子纷纷从四周屋子的门窗里跑了出来。每个人都身穿红袍，手握刀刃或棍棒。

"你这个东洋鬼子太无礼了！我可是端郡王载漪之子，惇亲王奕誴之孙，乾隆皇帝第五代孙子！"

"别说傻话了！"松平教授回以一声冷笑道，"称你大阿哥已经是两年前的事了吧？听说你父亲端郡王被流放新疆，你小子也遭放逐，没想到居然成了乞丐王！"

孩子们跨前一步围住松平教授。

"为什么盯上我，抢劫？"

"不！"自称大阿哥的年轻人说。

"既要你的钱，也要你的命！"

"我不想造成无谓的流血，要钱的话可以给你。"

"不行，我要钱也要命！"

杀！大阿哥下了命令。

"那就没办法了——"

当教授从"手杖"中一拔出剑来，少年们立刻脸色大变向后退去。

"我是日本武士，绝不会在这种地方白白死去。"

教授目测了一下脚下到院门的距离，心想，再怎么说，对方都是些小屁孩，用剑刃吓唬一下后立即走人。

"杀！杀！"大阿哥扫视着面露怯色的手下人，着急地叫喊。但是所有人都只是手拿武器摆着姿势，不作进一步的行动。

就在双方僵持的时候，教授忽然觉得背后有人掐住了他的脖子。难道水缸里躲着人？

教授拼命挥动手臂，返身就是一剑。原本他并不想真格，万不得已，这才施展了剑术的一招，挥剑砍下。

断下的手腕应声落在满铺瓦砾的地上。孩子们一齐发出惊叫声纷纷逃入四边的小屋中，大阿哥和被砍断手腕的孩子则飞奔跑入正屋。

"怎么了，出来！"

没有应答，只有屋里传出的断手少年的哭声。教授环视空荡荡的院子，高声叫道："哼，什么时候再较量我随时奉陪，这只断手就是证明！"

说完，松平教授转身离去，身后传来大阿哥鼓动手下人的"杀"声。

"对不起，阁下，你能离开一会儿吗？这事看来有点麻烦。你身为威廉皇帝的公使，还是别知道这事吧。"

两年前，前任德国公使克林德在义和团运动中被杀，这位继任的德国公使上任后，就一直受老资格的驻华武官欺压。

公使铁青着脸，当着宾客的面走出会客室。

"接下来——对不起，请你们到隔壁房间演奏莫扎特曲子。请打开门窗。曲目？对，那首《小夜曲》不错，尽量挑选一些曲调明快、富有吸引力的曲子。"

盛装打扮的弦乐四重奏组带着乐器和曲谱离开了房间。

施密特接着叫来管家。

"菜等一会儿上，等我们把话讲完我会叫你。"

"行。大校，要不要香槟？"

"有这些就够了，你走吧！"

银制烛台的对面，彼得洛维奇故作镇静地将双手抱在胸前，索尔兹伯里则双肘搁在桌上，紧抱着满是白发的脑袋。两人的脸色都十分难看。

这事不能让公使、演奏组的人和管家知道。彼得洛维奇一走进会客室就像一头受伤的熊大呼小叫；而刚平息了他的叫声，紧接着索尔兹伯里的马车也到了。

这两个人一进门就情绪激动，让施密特大校惊愕不已，他根本来不及清场，不，甚至连作出反应的时间都没有。

将军仍抱着脑袋说："每个国家都有所谓的流浪儿童，包括伦敦。但是，伦敦的流浪儿只会吊着马车玩耍，从不会向人扔蝎子。"

"深有同感。"彼得洛维奇点着头说。他虽然仍装出一副沉着的样子，但他搁在桌上的"迈森瓷"茶杯却在咯嗒抖动。

"莫斯科也有贫苦的孩子。这些孩子没有家也没有父母，成群结队在街上流浪。但他们只偷盗，不杀人。"

总而言之，这不是一件简单的事。流浪的孩子将蝎子扔进英国贵族的马车里，这个恶作剧虽然有点过分，但也的确只有孩子才想得出来。

在胡同里恐吓路人，这是流浪儿的"正常作业"，原本想吓唬一下的刀子恰巧刺中了仆从的心脏，这在逻辑上也说得过去。

问题在于这两件事同时发生在外国贵族的身上，这就不同寻常了。

"假如说这一切并不是偶然的话……"

大校嘴上衔着烟，望着正开着的面向露台的圆形玻璃窗，陷入了沉思。隔着从高高的天花板上垂下的绢丝窗帘，可以望见一轮圆月高挂天空。

彼得洛维奇突然大声笑了起来，"难道真的是发生了那个太监所告诫的事了，施密特大校？"

"就让我们相信这是巧合吧，因为今天星期五恰逢满月。"索尔兹伯里阴郁的嘀咕声盖住了彼得洛维奇的笑声。

"可是，将军，今天并不是十三号啊。"

为人温和敦厚的英国贵族朝这个不管碰到什么事不说上一句无聊的玩笑话誓不罢休的俄国贵族投去了轻蔑的一瞥。

"你这个人到底在想些什么？你的仆从不是死了吗？"

彼得洛维奇的笑脸就像被吹灭的蜡烛，顿时暗了下来。不开玩笑的公爵，那表情就像月光映照下的冻土。

"这谁能忍得住呢？那不笑的话说什么呢？你是想说，杀死珍妃的真凶正在设法利用流浪儿来追杀我们？"

这个猜测令彼得洛维奇一下子恐惧起来，"Нет！"（不！）——他脱口说起了俄语。"Нет, не так！"（不, 不是这样的！）彼得洛维奇边拍打着桌子边嚷道。

"对了，松平教授呢？"施密特从夜色朦胧的露台收回视线，突然不安地问道。

三个人同时抬头望向壁炉上方的挂钟。在明晃晃的枝形吊灯映照下，银色的时针正指向七点十五分。

"或许还在慢条斯理地洗着澡吧？日本人一天不在盛满热水的浴缸里泡澡是不会舒心的。"索尔兹伯里带着期望的语气说。

"只是——"施密特将那擦得铮亮的长筒军靴踩得吱嘎作响，一脸沉思地踱到窗边。窗外，东交民巷小贩货摊的灯光把公使馆的围墙照得通亮，耳旁不时传来招徕吃客的叫卖声。"日本公使馆就在对面。照我们军人的说法，就算匍匐前进也花不上五分钟。"

"这只是你们军人的逻辑吧！"

"不，他是武士。日本人绝不会作出多余的行动。再说，松平教授有怀表，能正确掌握时间。"

彼得洛维奇扶着桌子站了起来，那模样就像一只刚从冬眠中醒来的北极熊。

"那我们也没必要再等他了!那只猴子——啊,失敬!松平教授个子小得像个孩子,肯定是手无缚鸡之力,他要是遭遇流浪儿的袭击,哪有什么还手之功!"

说着,彼得洛维奇从衣帽架上取下外套准备离开。

"等等!别急啊,公爵。还是先和日本公使馆联系一下吧!"索尔兹伯里劝阻道。

可彼得洛维奇哪里听得进。只见他在走廊里大声嚷嚷:"谁受得了这样的慢条斯理!所以我讨厌英国人!你们总是这样,出了事情了,一会儿这样、一会儿那样,优柔寡断拿不定主意!"

正在施密特和索尔兹伯里准备追出屋去的时候,走廊的另一头传来了松平教授温和的招呼声。

"Простите за опоздание, 对不起,我迟到了!"

这一意外令施密特和索尔兹伯里面面相觑,一颗悬着的心终于放了下来。而与此同时,也传来了彼得洛维奇的惊叫声。

"啊呀,你这是怎么了?"

"没,没什么了不得的事,出门的时候碰到了一点小麻烦。"

"一点小麻烦?那你衬衣上的血迹是怎么回事?

Обьясните, 你说，到底发生了什么？"

"Не беспокойтесь, 别担心，阁下。"

松平教授和彼得洛维奇返回会客室时语言混杂的对话，让人搞不清他俩到底是哪国人。

彼得洛维奇发出惊叫声有他的道理。在明亮的灯光映照下，松平教授的衬衫上赫然可见尚未凝固的血迹。

"大校，快叫医生！"索尔兹伯里朝走廊望了一眼，然后关上房门催促施密特。

"不用，将军。我没伤着，用不着。"

施密特目不转睛地看着坐在沙发上的松平教授。日本人到底是什么样的人种？看着还真让人有点害怕。明明身上溅满了血迹，却还是一副若无其事的样子，就像是没有情感的人偶。

"那你倒给大伙说说，碰上什么事了？"

索尔兹伯里装作平静的样子坐在对面的椅子上。而施密特和彼得洛维奇则一左一右站着，紧盯教授，异口同声地用法语催促道："快说、快说！"

松平教授圆圆的镜片下，一双狐狸般的细眼来回打量着眼前的三个人。

"大家先坐下，这话说起来有点长。"说着，教授将手伸进夜礼服外套的下摆，像变魔术似的拿出一个细长的纸包，放在大理石的桌子上。

"这是什么？"

施密特的手一碰触到纸包，就像触了电似的叫了起来；而彼得洛维奇则一边用俄语喊着"不！不！"，一边往墙角退去；索尔兹伯里呢，他抱紧了脑袋，像一只猫一样蜷缩起身子。

千真万确，纸包里掉出来的是一只人手。

"这还能说没什么事吗？还说别担心！你还真能做到面不改色心不跳……"彼得洛维奇的说话声因过于恐惧听起来怯怯的。

"也不是，阁下。其实我的脸色也不好呢，只是白人看不出来。我是好不容易才走到这里的，现在还怕得连膝盖都合不拢。"

被这么一说，看起来还真的是这样，教授微笑着的脸其实在微微地抽搐。

施密特递上玻璃杯，用颤抖的手为教授斟上香槟。喝酒的时候，贵族们的牙齿碰得酒杯咯咯响，四个人像口渴的旅人一样，一口气喝干了酒杯里的酒。

"刚才发生的那件事……"

松平教授正要开口，隔壁房间传来了《小夜曲》的音乐声。

倘若那个时候四重奏演奏的不是莫扎特而是巴赫的乐曲的

话,估计所有人都无法听完松平教授的叙述,而松平教授或许也无法一直保持正常的理智,坚持听完随后彼得洛维奇和索尔兹伯里叙述的他们的"悲惨遭遇"。

也就是说,莫扎特《小夜曲》的优美曲调将可怖的现实化为了歌剧中的一幕场景。

"这样一来,杀害珍妃的真凶等于也是水落石出了。"索尔兹伯里脱口说出这样的结论,令其他人听了如释重负般松了一口气。

"那接下来怎么行动,将军?"

已完全恢复镇静的彼得洛维奇问道。

"先借用另案之名拘捕凶手。"(另案之名:原文是"别件逮捕",是指某案件因没有确凿的证据,便以其他罪名先把此人抓起来,以获得对嫌疑人较长时间的调查权力——译者注)

"以另案之名拘捕?"

"对,通过各国公使馆调用各国的宪兵队拘捕爱新觉罗·溥儁。因为已有足够的证据证明他有杀害外国官员的嫌疑。拘捕之后,再设法让他供出杀害珍妃的真相,随后拘捕他的父亲,在新疆的端郡王载漪。"

"然后?"

"由各国组成陪审团，在北京建立临时法庭开庭审理。当然，整个审理过程会面向全世界各国记者公开进行。"

彼得洛维奇内心暗暗佩服，到底是名门望族出身，做事有板有眼。正在走向衰亡的大清帝国现在正是全世界关注的焦点，世界各国的报纸对北京的一举一动，事无巨细都会进行报道，就连西太后打个哈欠、袁世凯伤风感冒之类鸡毛蒜皮的事，都会配上头像照片后登在报纸的版面上。

光绪皇帝如今是囚徒之身，这样的审判，正可以向全世界宣告，皇帝的尊严和王权神圣不可侵犯，如此有效的机会以后恐怕再不会有。

"可是，美国人和法国人是没有参加陪审团的权利的。"彼得洛维奇拍着膝盖笑道。

"当然。那些虚伪的自由主义者是不会懂得这个审判的价值的，而且那些人对于无利可图的事绝不感兴趣。对这个案件的审理，只要有我们四个国家再加上中国的代表参加就可以了。怎么样，这还不是一个很棒的国际法庭吗？"

听到这里，松平教授提出了他不同的看法，"但是将军，这会不会被人说是干涉内政？"

啧、啧，索尔兹伯里不以为然地咂着嘴，摇了摇食指说：

"对这个问题，我也想过。如果凶手是显而易见的，该如何避免被指责干涉内政呢？教授，其实凶手已经替我们回答了这个问题。"

"是大阿哥吗？"

"对。溥儁企图谋害我们。也就是说，珍妃遇害案、俄清银行总裁被袭案、日本教授绑架案和英国将军被害未遂案，这些都可视为爱新觉罗·溥儁及其共犯端郡王载漪的罪行进行审理。审理这样的案件当然需要建立一个临时国际法庭，而组建陪审团、检察官、律师、法官，正是我们当事人的权利。"

哇哦！话音刚落，贵族们便一齐拍手叫起好来。

"恭喜了，各位。"索尔兹伯里手拿酒杯站起身。他用戴着白手套的手举起斟满香槟的酒杯，先向谢尔盖·彼得洛维奇公爵敬酒。

"为俄国沙皇尼古拉干杯！"

"干杯！"彼得洛维奇拿着酒杯站了起来。

"为德国皇帝威廉二世陛下干杯！"

"干杯！"赫伯特·冯·施密特男爵把酒杯举到了胸前。

"为日本天皇睦仁陛下干杯！"

"干杯！"松平忠永子爵也从沙发上站了起来。

接着，埃德蒙·索尔兹伯里伯爵静静地环视一周，恭敬有加地将酒杯举向吊灯。

"为大英帝国国王爱德华七世陛下——"

"Just a moment." 松平教授用英语打断了索尔兹伯里的话，"将军，你漏掉了。"

"什么？"

"对，为大清帝国光绪皇帝和国母慈禧太后陛下——"

于是，四位贵族一起高举酒杯，齐声高喊"干杯"。

但是，就在一众人高喊干杯尚未喝完杯中的香槟酒的时候，同样也是四个人正哧溜一下躲进窗外露台的暗处。

"杀！"

这一声惊落了屋子里贵族们手中的酒杯。待他们转首看真切露台上有个身穿红衣袖子翻起的人影时，那人已敲碎圆形玻璃窗一跃而入。

是大阿哥。

猴子？不可能！只见一群身穿红色长袍、涂黑了脸的小拳民敲开了窗子冲了进来。

施密特转身去拿架子上的手枪。

"大校，不要开枪！"

索尔兹伯里的话音未落，施密特的毛瑟枪就响了。

索尔兹伯里制止开枪，并不是因为对方是孩子，而是不能杀了凶手。

这一枪还真管用，小拳民们怔了一怔，随即争先恐后地跳窗逃走。身手之敏捷胜过猴子。

"抓住他！其他人不要紧，要抓住大阿哥溥儁！"

四个贵族一齐朝玻璃碎了一地的窗口奔去。听见枪声，门外的警卫也跑了过来。身轻如燕的孩子们一下消失在树林里。唯有领头的溥儁，大概是因为身子不如其他孩子灵活没有逃脱。

几个德国卫兵包围了露台，大阿哥就像一只关在笼子里的老鼠不停地走来走去。

"别开枪！不能伤着他！"

施密特用德语命令道。卫兵们只好端着枪，面对着挥舞着大刀像京戏里的角色的大阿哥不知所措。

"让开！"

彼得洛维奇推开其他人。他戴上皮帽，像哥萨克骑兵似的将黑貂皮外套袖子扎在腰间，然后后退几步，"乌拉——"一声吼叫，用身子撞开了玻璃窗。

"老实点，小鬼！不然我扭断你的脖子！"

大阿哥闻声回过头来，那模样就像突然遇见了狗熊的小孩子。

　　"把刀子丢下，不然我就把你从头到脚吃个干净。"

　　彼得洛维奇抬起钉耙般的胳膊一吓唬，大阿哥便丢下弯刀，膝盖一软，跪在了地上放声哭了起来。

　　"饶命、饶命！再不敢了，饶了我吧！"

　　彼得洛维奇走上前去，挥起他的熊掌对着大阿哥就是一巴掌。大阿哥一仰首倒在了地上。

　　"行！你老实点就不杀你。过来！"

　　彼得洛维奇一伸手将大阿哥夹在腋下回到了房间里。这会儿，施密特跑到露台对着卫兵大叫："快去抓那些小老鼠，我们在这里审讯他们的头目！"

　　大阿哥一屁股坐在会客室地毯上，抱着膝盖呜呜地哭了起来。那四个贵族则围住他站着。

　　"饶了我，饶了我……"

　　"殿下——"施密特轻轻叫了一声，听得出他是尽量把语气放温柔，"你是大阿哥——哦不，是端郡王家的溥儁殿下吧？"

　　"是啊。要是你们敢对我下手的话，我奶奶——老佛爷是不会坐视不管的，就算你们是洋人也没用，统统都会被抓起来投进牢里。"

"我们没下手呀!"施密特大校蹲下身子说,"我们不会伤害你,更不会要你的命。只有一件事想问清楚——殿下为什么要追杀我们?是因为我们正在寻找杀害珍妃的凶手的缘故吗?"

大阿哥愣了一下,看着施密特问:"什么,你说什么?"

"当然是指两年前,你和你父亲共谋,把珍妃推入古井的事。"

"怎么,珍妃?……我和我阿玛?我根本不知道这种事!"大阿哥颤抖着回答。

"你装糊涂也没用,我们有证人。"

"这事我真的不知道!"

"那你为什么要追杀我们?"

"那是因为——"大阿哥欲言又止。

"是什么?"

"就因为……憎恨洋鬼子!其他没什么了!"

贵族们互相看了一眼。"接下来该怎么办?"施密特用眼神作出示意。索尔兹伯里替大家说出了一句公道话。

"你想说什么尽管说,我们也想听听你的辩解。"

施密特走到碎了一地玻璃的窗户前,拉起了窗帘。

"殿下，我们虽然对你有所怀疑，但并不想栽赃陷害你。你有机会戴罪立功。"

彼得洛维奇将已吓得尿湿了裤子的大阿哥拖到沙发上。

"你要不想送命，就说出不在场的证明来。"

"不在场的证明？"

"对，就是朝廷从紫禁城逃往西安的那天，你们不在场的证明。"

大阿哥皱起眉，歪着那张稚气未脱的脸想了片刻，然后点着头说："如果我把什么都说了，就会放过我，是吧？"

"对，没错，只要你不说谎。"

"好，那我还是说吧——"

坐在沙发上的大阿哥低下头，露出白皙的脖子，双手抱着膝盖说："珍妃的死和我无关，不知是谁造的谣。"

初秋温热的夜风掀得绢丝窗帘不停地翻动。

在窗外月色的映照下，已沦落为市井街头流浪儿的前皇太子白净的脸显得脏兮兮的，他开始叙述起两年前那个特殊的日子发生的事。

*

我的名字叫爱新觉罗·溥儁。

每次我报上自己的姓名，就会引来大家一阵笑声："爱新觉罗！这个家伙太厉害了，居然和皇帝一个姓！哈哈哈哈……"

今年十八岁。连这个也被大伙讥笑，因为我看上去才十四五岁的样子。

可是，叔叔们应该知道吧，不久以前，我还是大清的皇位继承人。

对，我的父亲是端郡王载漪，祖父是惇亲王奕誴，曾祖父是道光皇帝，曾曾祖父是嘉庆皇帝，曾曾曾——知道吧？是乾隆皇帝！

也就是说，先帝同治陛下、当今皇上光绪陛下同我父亲是堂兄弟关系。

家？我哪有啊！庚子年的那场战争后，我的父亲就被发配去新疆，我呢，则被废除了大阿哥称号，逐出了紫禁城。现在，我住在那边胡同的一幢被战火烧毁的破房子里，和一些无家可归的孤儿在一起。他们都知道我是爱新觉罗的后裔，曾是皇位的继承人。也只有他们才相信我的身世。

我虽然做不了皇帝，但我现在手下人却不少，数都数不清。如今整个京城的流浪儿都听命于我。如果按人头算，我绝不输给袁世凯。我的这些手下人分散在京城的各个角落，所以看起来似乎不怎么起眼。但只要我登高一呼，立刻就能聚拢来。

要不要试试把他们召集到天安门广场来？一定让你们大吃一惊。

大家都管我叫大阿哥。等他们长大以后，我就用存下来的钱向上海的商家买枪买炮，再雇上洋人的军官训练他们，然后用这些精兵强将打败袁世凯的军队，把坑害我们的那些人都杀个精光。

这怎么能说残暴呢？这是报家仇国恨啊。

不管是洋人还是二毛子都要杀光；什么官员、商人、将军、大臣，一个都不留，当然也包括老佛爷。皇帝就让他跑到景山，在白松的树枝上挂根绳自缢吧！

我们都穿着红衣服，这并不是模仿义和团的人。而是想着总有一天我们会穿着红色军服，举着红旗，拿下这个国家。

"大阿哥"这个词，是满语，就是"老大"的意思，同国外的"皇太子"有点不同。

满族人并没有如汉族的那种由长子继承家业的传统习惯，而是让最强势的孩子继承父业。

为什么？道理很简单。

满人是狩猎民族，自古以来就是满山遍野跋山涉水狩猎为生。如果不强势，怎么带领家族成员谋生？所以，在久远的古代，孩子们会互相决斗，优胜劣汰，最后生存下来的便成了"大阿哥"。

所以，四年前，当老佛爷突然把我召进紫禁城，说我将成为大阿哥时，我第一个反应就是"这不行！"我这个人不但体质虚弱，连射箭骑马也不太在行，实在配不上当大阿哥。

说实话，我也很想学着镇国公载泽那样到伦敦去留学，学习各种知识，比如医学、法律、科学等。载泽只是有崇洋思想，他迷外；而我不一样，我是真心想学点知识。现在说这些都已经晚了。

我想，那时候，我的父亲应该比我更吃惊。

戊戌那年，万岁爷和老佛爷好像吵架了。那次风波之后，没多久就有传说，万岁爷生了很重的病，快不行了，所以得赶快找个皇位继承人。

我父亲似乎并没把这事放在心上，因为当时大家都觉得，要说皇位继承人，当然非庆亲王家的载振莫属了。载振和我同岁，他很得老佛爷的欢心。

当父亲和我被召进太后宫，听老佛爷说要封我为大阿哥时，父亲的脸色一下白了，把头磕得咚咚响。

"此事务请老佛爷再作斟酌。选大阿哥还是庆亲王家的载振更合适！"

"不行！载振的血缘太远了。要论最接近先帝嘉庆、道光血缘的，还是你家孩子最合适。"

仔细想一想，确实是这样。宗室系谱错综复杂，我也搞不清楚。但有一点是很清楚的，那就是庆亲王是从先帝乾隆开始就分出去的旁系血亲，到现在血缘已很远了。载振要上溯四代才是皇帝；而我则是道光皇帝的玄孙，咸丰皇帝的侄孙，同治先帝和当今万岁爷和我是一脉血亲。

回到王府后，父亲对我说："溥儁，你知道，咱这个国家正在遭受一场前所未有的大灾难，洋人在瓜分我们的国土，城里也到处在闹事。万岁爷恐怕并没有生病，一旦定下皇位继承人，老佛爷就会逼着他服毒自尽，这样，你就马上成了皇帝，一手接下这个已病弱不堪的国家。这也是没办法的事，是天命。阿玛会竭尽全力帮助你，你也一定要为天下百姓尽心尽力。"

我得先说一下，父亲端郡王载漪是个很了不起的人，我到现在还从心底里尊敬他。

我的上辈人中，祖父惇亲王和父亲的几个兄弟都是爱玩乐的人，他们名声很不好，只有我父亲不同。他不爱喝酒，也不抽鸦片，讨厌歌舞音乐，所以他不太喜欢乌烟瘴气的京城，从年轻的时候起就爱坐在书桌前埋头做学问。很多人背后说他是个脾气倔强、不近人情的怪人，其实并不是这样。他是个做事十分认真，内心纯洁无瑕的人。

我父亲最后成了替罪羊，就他一个人。确切地说，是他主动把罪孽揽在了自己的身上。因为如果皇室中没有人出来承担责任，这个账就要算在老佛爷的头上。

新疆，该是一个比戈壁沙漠还远得多的地方吧？不知父亲近来可好？

那天，在神武门坐上破旧的骡车准备踏上被流放的行程时，我父亲一把抱紧我说："孩子，你不能死！你是大阿哥，是众多王子中最有出息的一个。不，应该说是全中国孩子的老大，所以你要好好活着。有朝一日，你要调动孩子们的力量，把这些愚昧无知的大人杀个干净！听见了吗？你可是咱满族的大阿哥啊！"

那天记得也是这种天气，漫天的沙尘……

父亲被说成是义和团拳民的头目，这不是事实。还有，大家都说，义和团是一帮自称神灵附身的乌合之众，这也是不对的。

你们想想看，义和团的人，光是京城周围就有二十万人哪，如果仅是些街头耍艺或舞刀弄枪的，怎会有这么多人？

万岁爷，还有那些官人、将军，个个都软弱无能，老百姓只能依靠自己的力量把洋人赶走，重新创建一个太平盛世的国家，于是便有了义和团造反。他们手里没有武器，只能练习拳术来对付。

我父亲说，洋人都是大食汉，每天要吃三头猪、三头牛，再加上三大车的面粉，不然就没法活。这世上有那么多人没饭吃，被活活饿死，就是这个缘故。

你们装傻也没用，刚才我偷偷躲进这里的厨房看了，在大得不像话的厨房里，居然有十个厨师在忙活，旁边的仓库里挂着几十头牛和猪。

我知道，干旱和洪涝也是与天主教的祈祷有关。万岁爷苦心积虑，到天坛祈愿五谷丰登，被耶稣一倒腾，统统化为乌有。

义和团有哪里不好？他们杀洋人、杀与洋人亲近的二毛子，还不是为了道义？对不对？

——那天发生的事，我真的不太愿意再去回想。

现在居然将我和我的父亲当作杀害珍妃的凶手，我就不得不把事情说清楚了。

珍妃是万岁爷的宠妃,杀害她可就犯下了大逆之罪。再怎么说,也没人愿意背负这样的滔天大罪。

那天,我和父亲一早来到军机处,同军机大臣和其他的将军一起商议议和之策。

但是讨论来讨论去还是没有结果。大臣、将军、亲王,大家都拿不定主意,说来说去就是一句话:"李大人怎么还没来?"

我对大将军李鸿章这个人一点都不了解。只听说他是个谈判高手,但老佛爷不喜欢他,所以他一直呆在广东。老佛爷对他很不放心,怕他会受洋人的唆使,在南方建立新的国家。

父亲说,这次情况严重了,即使让李大人来处置,也不一定能解决。有人说,一直等不到他来,是因为他在上海坐船的时候病倒了。但没人相信这个传说。

不过,李大人不是那种怕死装病的人,迟迟不进京,应该有他的道理。

对的,李大人很有可能是想先让洋人占领京城,待稳定下来后再进行谈判。确实,在双方交战最厉害的时候是谈不好的。

但不管怎么说,先得将老佛爷和万岁爷转移到安全的地方去避难,这是头等大事。于是,太监到瀛台去接万岁爷了。那时候，洋人的军队已经打到了东华门，军机处一带有流弹嗖嗖地飞来飞去。

当时我已经没有继续活下去的心思了。我想，大清今天就走到头了，那么我这个大阿哥也没命了。现在大家都只顾着自己活命，谁还管得上老佛爷和万岁爷。

这时，大总管李春云蓬头垢面地跑了进来，说现在可以从神武门出去混在难民群中出逃了。他这一说，大家便立即从军机处跑了出去。

"要逃的话，去哪里呢？"父亲问春儿。

"西安。"春儿瞪了一眼走在后面的父亲和我，看他说话的样子，这事似乎早就定了的。

我记得他好像还在父亲耳边这样嘀咕说："老祖宗早就知道，洋人的军队是不会追上来的。"

"为什么？"父亲看着春儿，一脸疑惑。

"端王爷，接下来您照着奴才说的去做就是了。我们一踏上去西安的路，李大人马上就会从上海来这里收拾残局。"

"怎么？你是说，这一切李大人和老佛爷都早已计划好了？"

"朝廷的旨意是——"

"不明白，这是为什么？"

"西方列强最怕的是激怒了四万万中国老百姓。如何让洋人知道这一点，老祖宗找李大人一起商议了对策。"

"那么义和团也是……"

"对，是老祖宗和李大人的计谋，故意让袁将军挑起暴动。一切都是在为天下万民着想。要让洋人知道，面对列强的侵略，国家应对不了，还有四万万中国平民赤手空拳的抗击。"

"太愚蠢了！"

"不，端王爷，这样一来，就算最后战败，大清也不会沦为列强的殖民地了——"

我记得春儿是说了这番话。

万岁爷应该是被蒙在了鼓里，当然珍妃也是什么都不知道。

不然，那天在倦勤斋的院子里聚集的时候，就不应该会发生争执。

那时候谁在场？

让我想想。

——老佛爷和万岁爷在倦勤斋里，有两乘銮驾停在台阶下面。门前站着荣禄和袁世凯。荣禄穿着一件一点都不合身的黄马褂，挎着一把饰有金银的大刀。乍一看，还真像个大将军，但仔细端详，那身打扮就像是借来一般滑稽好玩。袁世凯则穿着一身北洋军的新式军服，倒是给人很靠得住的感觉。

皇后坐在倦勤斋下的水瓶旁，她那张像骆驼一样的长脸苍白难看。

在倦勤斋的凉台上，同治先帝的三位贵妃由宫女搀着，害怕得瑟瑟发抖。

院子四周是一圈回廊，春儿领着父亲和我从回廊走到倦勤斋正对面的符望阁，安顿我们在台阶上坐下来。

春儿一边张罗椅子，一边说："大阿哥，别害怕，一会儿准备好卤簿就可以走了。"

那时，我真是怕得不得了。院子里安静得像井底，大炮的声音听起来像是从地底下发出的声响，抬头看四四方方的天空，流弹在飞来飞去。

被吓怕的我竟然哭了起来。

"大阿哥，别哭，你没做过什么坏事，不用怕。"

"可是，我真的是怕得不行啊。我明明学习用功，孝顺父母，尊敬祖先，信仰神明，为什么还会遭遇这样的处境……"

春儿听了也不知怎么回答，只是将我的脸搂在他胸前满是尘土的"补子"（清代文武官员穿着补服，在服饰的前胸和后背正中均缀饰一块绣有飞禽或走兽的丝绸，称"补子"——译者注）上。

"这是老天在故意考验强者。大阿哥和这里所有的人一样，是上天挑选出来的强人。"

我边哭边打量着眼前的这些人。嗯，荣禄、袁世凯都是上天挑选出来的强人。荣禄从禁卫军的一名普通军官锤炼成了一位大将军；袁世凯科举考试数次落榜，历经磨练，现在是北洋军的总司令。

这样想来，倦勤斋里的老佛爷、万岁爷，还有正静静地看着我的父亲，他们都是上天挑选出来的强者。他们都是皇族，要是在早些年，原本可以衣食无忧地过完一生，可现在却要他们尝到这些苦头。

我忽然想起一件事，问春儿："那大总管，你呢？"

春儿一时语塞，但转瞬间就露出了笑脸说："奴才也是上天挑选出来的人，我很小的时候，算命先生就这么说了。"

"算命先生说的？"

"是的。他说我的命中有掌管富贵和权势的昂星。"

"昂星？"我不由得抬头望向尘土飞扬、一片昏暗的天空。

突然，春儿像想起什么似的，用力一把将我抱紧在他的胸前。他的心窝很温暖，还有阳光和清风的味道。

我的眼泪顿时扑簌扑簌地掉了下来，我从来没有被人这么抱紧过。

"大阿哥，你看！"

我离开春儿的胸膛，抬头看见院子上方一小片天空中有满天的星星在飞舞。可那时明明是白天。

"看到了吗？——不懂眼泪的人是看不到昴星的。大阿哥刚才亲眼看到的就是富贵和权势的星宿，那是统管众多星辰的昴星。你知道了吗，大阿哥，你是上天挑选出来的大阿哥，你绝不能胆怯，要顺应天命。"

这时，我觉得有一股力量正从肚子底下往上涌，刚才的颤抖还有眼泪一下子都停了。

是啊，我是大阿哥，任何时候都是孩子们的领头王，我不能害怕。

瑾妃？——哦，你说那个胖胖的妃子吧？

她在不在……啊，我想起来了。她由太监背着，跟在我们后面来的。她一直在哭哪。她边上的太监一直在安抚她。

对、对，瑾妃后来终于停下声不哭了。因为倦勤斋里传出了老佛爷和万岁爷大声争执的声音。

大家都吃了一惊，纷纷竖起耳朵细听。

"不行、不行！你不能留在这里同洋人议和。"

"不，亲爸爸，代表国家参与外交事务，是朕身为一国之君的职责。"

"你说什么？你可是中国的皇帝！议和的事可以交给少荃去做。"

"李鸿章已经是七十八岁的老人了，而且进京途中他还在上海得了病。眼下，洋人正在京城肆无忌惮地烧杀抢掠，老百姓是生灵涂炭，命如蝼蚁。亲爸爸就让朕留下来同洋人议和吧！"

"住口！你这个不孝之子！"

随后便传出花瓶之类的瓷器打碎的声音和一阵混乱的脚步声。

老佛爷发出尖叫声，好像是打了万岁爷。

春儿飞步奔下台阶，穿过院子，跑进倦勤斋，我也紧紧跟在后面。我是大阿哥，从道理上来说，是万岁爷的儿子，现在祖母殴打父亲，我应该上去阻止。

当时老佛爷的脸色我是一辈子都忘不了。

是不是像鬼？——不是、不是，不是像鬼，那是一种非常悲伤的表情。我被赶出宫后满城转悠，见过的病人和穷人无以计数，可从来没见过这样悲戚无助的表情。就算是不知道明天能不能还活着的病人、饿得快要死去的孩子，也比那张脸要强一些。

走进倦勤斋，我和春儿都站着不动，因为实在没有可以插嘴劝说的气氛。

"我求您了，亲爸爸，让朕主持议和吧！"

万岁爷鼻子流着血，俯伏在老佛爷的脚边。

"载湉——"

老佛爷突然直呼万岁爷的名字。接着，她用如同拨动了琴弦般纤细又满含悲伤的声音说："载湉，我心爱的孩子。你没变，还是那个温柔善良、纯洁无瑕的孩子，一如四岁那年从醇王府进宫时的样子。"

万岁爷惊讶地抬起头。

"其实，我是不想让你受到一丁点的污染。这世上没有什么东西是美的。爱新觉罗历经三百年，不，中国历经五千年才孕育出一个像你这样纯洁无垢的天子。我……是这么想的。"

老佛爷说着弯下腰，用衣袖擦拭了一下万岁爷白皙的脸庞，静静地注视了一会儿他的眼睛，然后语气坚定地说："这不是天子的责任，这个国家是被我毁掉的。"

怎么会这样啊，春儿当场屈膝跪在地上。他背脊一弓一弓地急剧喘着气，口中喃喃道："奴才的心好痛、好痛……"

叔叔，你在听吧？

叔叔是英国人吧？英语中把皇帝称为Emperor，其实还有另外一种称呼，对，就是Son of Heaven——天子。

我觉得，中国把皇帝称作"天子"是很恰当的，你要是见了万岁爷就会有这个体会。万岁爷真的是一位天子。他不是皇帝，是Son of Heaven——天子。

珍妃就是在那个时候被带到倦勤斋来的。

前大总管李莲英和副总管崔玉贵从两边搀着身子瘦弱的珍妃走进来。

嗯，珍妃长得很美。如果用花来比喻的话，她宛如一朵洁白的百合花。虽然长时间的囚禁折磨得她憔悴不堪，但我只消一眼就知道，她就是那个传说中的珍妃。我早就听说，那貌如百合花的珍妃被关在紫禁城北边一角的冷宫里。

珍妃的美，单是静静地看着她，心里就会涌起一股热流。

那时, 珍妃和万岁爷已分离了好长时间。

"载湉、载湉……"珍妃一见到万岁爷就连声呼唤他的名字。她在石板地上膝行靠近万岁爷,紧紧抓住他衣服的下摆。

记得当时他们是说了这么些话。他们看上去根本不像皇帝和妃子,倒更像是一对普通的夫妇或年轻情侣。

"我每天都梦见你。"

"啊,我也是。现在终于见到你了。"

"这些日子你都做些什么事?"

"把西洋钟表拆开然后再组装起来,就和以前一样。你呢?"

"我是把八音盒拆开,再装回去。那比钟表复杂、有趣。"

"八音盒?"

"我父亲托人捎来的。是一个会演奏西洋音乐的自动装置。"

"那一定很好玩。"

"你带到西安去吧。就当是我。"

嗯,确实,珍妃被人带出冷宫的时候就已经铁了心不去西安。她说要死在这个地方。

你们为什么都是很吃惊的样子? 所以我要说,我并没有杀害珍妃。

是的, 珍妃并没有被人杀害, 而是自杀。是她自己寻的死。

当时，珍妃很清楚地对万岁爷和老佛爷说："我知道，万岁爷和老佛爷比谁都爱我，现在能活着再次见到你们两位，我是死而无憾了。"

你们不懂了吧？那时候我也觉得奇怪，为什么说"你们两位"呢？

后来，还是父亲告诉我，其实，老佛爷是很喜欢珍妃的。戊戌变法失败之后，大家都把珍妃看作眼中钉，因为不能说万岁爷的坏话，就只能把愤恨转移到珍妃的身上，把她说成是给皇上出坏主意的恶女人。因为大家都在说杀了她、杀了她，老佛爷怕留在外面有危险，就把珍妃关在冷宫里，这样就谁都下不了手了。珍妃是知道老佛爷的一片用心的。

那个时候老佛爷和万岁爷说了什么，我不记得了。

我想应该是劝她一起去西安吧，看起来还是苦心相劝，但是珍妃死活不从。

"我曾一心求菩萨，在我还活着的时候能再见上你们两位一面。"珍妃口中喃喃着，一连声喊着"额娘"，抱紧了老佛爷。

我第一次见到老佛爷的眼里沁出了泪水。

"我答应你，珍妃。你就以现在这副女人温柔的模样去见佛祖吧，这很适合你。女人不得不学着男人做事，那比死还要不幸。"

接着，珍妃使出最后的力气站起身，走出了倦勤斋。

院子里非常安静。皇后、妃子们、荣禄、袁世凯、李莲英、崔玉贵、瑾妃、我父亲，还有太监、宫女们，所有人都像石像一样一动不动。

走在台阶上的珍妃突然停下脚步，回头往上看了一眼万岁爷，露出了微笑，那笑容简直就像一朵绽放的百合花。

"载湉，我的爱人——"

万岁爷眼里满是悲伤的神色。

"别忘了带上八音盒……"

珍妃的装束我记得清清楚楚，她一头长发束在脑后，身上穿着一袭蓝色的粗布衣服。她说完就径直朝那口水井走去。

谁都知道她要干什么。那是她人生中的最后几步路，走得那样坚定、义无反顾。

此时，站在回廊的春儿说了一句话，像是为珍妃鼓气："刚才太后陛下下了懿旨，赐珍妃娘娘一死。"

老佛爷的威严就是这样，不需要任何理由。

珍妃站在贞顺门边的井旁所说的话，我到现在还记得。

她虽然没有穿旗袍，也没有梳"两把头"、穿花盆鞋，却表现出满族女子坚强、矜持的气度。

"——各位，这些年来，承蒙大家的照顾，我铭感于心。现在我要先走一步，跨过长城回到故乡。我的祖先他他拉氏是太祖努尔哈赤的世袭家臣。自那以后，历经太宗皇太极、顺治帝、康熙帝、雍正帝、乾隆帝、嘉庆帝、道光帝、咸丰帝、同治帝，直到当今天子光绪皇帝陛下，追随了十一代大清皇帝。不仅如此，我还有幸获得万岁爷的宠爱，这是我满门家眷的无上荣耀。安顿我灵魂的处所，不在中原大地，而是遥远的东北大草原。我想穿越这黄色混浊的天空，回到有着无垠蓝天的祖辈生息的土地上。我还有个愿望，那就是，如果还有来生，我想成为一个居无定所，不会识字断文，只有勇气和力量，满怀着正义在草原上以放牧为生的满族少女。'再见'这个词用满语怎么说？真的，我很想用满语道一声再见……那一定像风在大兴安岭、黑龙江、呼伦贝尔草原上空席卷时发出的美丽回音。再见了，各位。对不起，我只会用汉语道别。"

珍妃逐个端详着每个人的脸，口中喃喃着"再见"，然后又抬起头仰望那一方被红色宫墙和琉璃瓦围着的天空。

她肤色白皙，额头宽阔，眉目清秀，那是一张典型的满族人的脸。我们满族人和汉族人在长相上的差异，就像德国人和英国人一样不同。

是的，不管是皇族还是旗人，我们都是满族人。在很久很久以前，我们跨过长城而来，就此而言，我们也是"洋人"哪！

人在异乡，生活并不会快乐！

珍妃从空中收回视线，看了一眼那口古井，然后毫不犹豫地一头栽进了井里。

她现在一定是在什么地方。那井底直通东北大草原，她又投胎转生了。这样算起来，现在应该是个可爱的两岁女孩。

你们还要杀我吗？我还有很多事要做，饶了我吧！

万一我有个三长两短，我手下的那些人一定会进行疯狂的报复，不是我吓唬你们。

什么？我没骗你们，刚才说的都是真的，信不信由你。

其他人怎么说我不知道，但我说的就是这些，全都在这里了。要是你们不相信，那我也没办法了。

证人？所有人都只说对自己有利的话。我知道，把凶手的帽子扣在我和我父亲头上是最为保险的办法，因为我父亲已被流放到新疆，而我已落魄到这个境地。

对了，唯有一个人是可信的。

你问是谁？——万岁爷载湉啊！

啊，你们干吗笑啊？载湉是天子，他不会只为自己着想，是个只说真话的人。

我没法带你们去，这不是明摆着的事嘛。真可怜，他才三十二岁，从西安回来后又被关在瀛台的小岛上了，不知道他每天是怎么度过的。

怎么见到他？——这有点难哪！毕竟他是皇上。

等等！对，有一个办法。可以让载泽去通融一下。就是那个对西洋着迷的镇国公载泽啊。

我最讨厌这个人了！就连说一下他的名字我都想吐。让万岁爷沉迷于西洋不可自拔的罪魁祸首，不是珍妃，也不是李鸿章，而是这个家伙。

从血缘上来说，载泽从先帝康熙起就分开成了旁系，和当今皇上的关系已经很远了。但他自从成了镇国公奕询的养子之后，在"皇统图"上，他就是万岁爷和我父亲的远房堂兄弟了。

那家伙肯定在洋人面前炫耀说自己是当今皇上的哥哥吧？确实，他俩相差三岁，听说从小感情就很好。

我父亲以前常对我说，泽叔是个一给他戴高帽就找不着北的人，不可太相信他。那家伙可不傻，人聪明着哪！所以，在老佛爷考虑皇位继承人的时候，他拼命躲避。他洋人朋友多，还在伦敦留过学，再加上夫人又是老佛爷的侄女，简直可以将天下玩弄于股掌之中。但说到当皇帝是有利还是有弊，那家伙是清楚得很。他要的其实是大清倒下后的"大总统"哪！

所以他每天晚上开舞会，和洋人套近乎，真是个没骨气的软蛋！

总有一天，我要在泽公府的屋檐下放上炸药，把那个玷污了爱新觉罗名声的二毛子炸个稀巴烂！

——啊，别信、别信！那是说着玩的！

载泽一个月总要去几次瀛台，陪万岁爷说说话。从他的性情和地位看，倒也适合做皇上的交谈对象。

那家伙只要是洋人托他的事从不会拒绝，你不用贿赂他，只要带上高级葡萄酒让他带口信给万岁爷，他一定乐意帮忙。

不过，刚才我说过多次了，对载泽说的话你是不能当真的！万岁爷是他的一张王牌，你们去找他，他一定会说我早就在等着你们了；而他的心里呢，则在盘算着，现在时机已经成熟，该把这宝押在洋人的身上。

——我可以回去了吗？

我保证再不会做坏事了。

我得回去照料受伤的人，给他们找吃的。我们藏身的地方还有用尿布的婴儿，又不能把他们送到教堂去。

我是大阿哥，得担起责任来，不能让他们饿肚子。

忘不了珍妃最后说的话。是的，我们也是洋人。很久很久以前，我们从东北大草原跨过长城来到这里。

珍妃是女人，她自杀后魂魄可以回到关外故乡；而我是血管里流着太祖血液的爱新觉罗的大阿哥，得振作精神，想办法回报汉人的养育之恩。

这种心情，各位能懂吧？

行了吧？那我回去了。

我的名字叫爱新觉罗·溥儁，不管人们怎么笑我，我还是要挺起胸膛说出我的名字。不然，当有一天我死后魂归故里，太祖和乾隆帝是会斥骂我的。

再见，再见。

这告别的话，满语应该怎么说，我也不知道——

*

第二天下午，埃德蒙·索尔兹伯里伯爵来到靠近天安门外什刹海的镇国公载泽府邸拜访。

当天，冯·施密特大校要为修缮被小恶魔们弄坏的德国公使馆奔忙，谢尔盖·彼得洛维奇公爵得处理遇难仆从的身后事，而松平忠永教授呢，说是要去寻找被他砍断手腕的少年，然后带他去医院治疗。

索尔兹伯里单枪匹马去泽公府，并不是因为其他三人有多忙的关系，而是不想让载泽知道他们想谒见皇上的真实意图。

他可以带着"义和团事件发生期间八国联军将士非人道行为调查团"团长的身份上门进行礼节性拜访，这个理由足够了。

如果四位贵族一起上门，这一定会引起载泽的猜疑。这个时候，才不管他是不是崇洋媚外的人，关键是要见到光绪皇帝，弄清珍妃之死的真相。载泽是key person，即关键人物，也就是说，他掌握着瀛台囚屋的钥匙（key）。

真是天意弄人，索尔兹伯里是在泽公府的舞会上听闻珍妃疑案的，而现在他的马车又一次来到了这里。

架着成排门枪（门枪：一种古时官员出行时的仪仗，平时插在门前显示威仪——译者注）威风凛凛的王府大门就在眼前，那是圣祖康熙帝第六代孙、镇国公载泽的府邸。

门口有个身穿中国服装的女子正倚靠在汉白玉狮子身上。女子身材高挑，露出白净娇嫩的玉臂，一手摇着羽毛扇，一手打着遮阳伞。

马车停了下来，索尔兹伯里打开车窗。

"你好，张太太。很荣幸能再次见到你！"

女人眯起一双杏眼，露出优雅的笑容，轻轻转动了一下镶有蕾丝边的遮阳伞。

"Good afternoon, sir. 您正去哪儿呢？"张太太用一口纯正的英语问道。

"去参加舞会。"

"不会吧？日头还高着呢！"

"我找载泽殿下谈点事。"

张太太以扇掩嘴，吃吃地笑了。

"两位是要练小步舞？"

索尔兹伯里心里一惊，难道这个神秘的女人事先已经知道我要来这里？向他透露事件的人现在又刚巧出现在泽公府门口，说是巧合吧，那也太过偶然了。

"你怎么会在这里？"

张太太边随意转着蕾丝边遮阳伞，边用扇掩着口说："我和载泽殿下说了。"

"说什么？"

"大英帝国的埃德蒙·索尔兹伯里将军要来。"

"让你费心了，谢谢。"索尔兹伯里用手指碰了一下帽檐，微微点了点头。

"载泽殿下正在车廊边等着呢。他同那种丢下客人顾自出外打猎的贵族可不一样。"

索尔兹伯里还来不及去想这话的深意,马车就又启动了。

穿过正门边上一扇青铜门,眼前便是一条两旁铺满茵茵绿草的砂石路。

此时,身穿燕尾服的镇国公载泽正站在西式公馆的停车廊前等候。

"殿下亲自出来迎候,真让人不胜惶恐!"

载泽握着从马车上下来的索尔兹伯里的手说:"那天只寒暄了几句,失礼了!这次如果您事先传个话来,我会亲自前来迎接。"

"啊!"没想到眼前又是个英语达人,我没听错吧?

"这么说,殿下事先并不知道我要前来拜访?"

"嗯,朋友刚刚告诉我,说是索尔兹伯里伯爵马上就要到了。"

"您说的朋友是……"

"张太太,我的女友。不过,只能算是我的单相思吧!"

说着,载泽将索尔兹伯里迎进光线昏暗的西式公馆走廊。

"殿下把辫子剪了?"

"对,昨天刚剪。为了那条辫子,义和团闹事的时候,我差点丢了性命。很遗憾，在伦敦留学的时候没有机会和阁下见面。"

"殿下是哪一年回国的？"

"1896年。在伦敦呆了两年。"

"啊，那是没法见到了。那段时间我正好在海外任职。"

"在哪？"

"在印度孟买和新加坡。"

踩着走廊里红色的地毯，两人边走边聊，步入有一个高高穹顶的客厅。白色大理石砌成的露台上，午后的阳光分外耀眼。透过客厅的露台望出去，前面是一个打理得很整洁的草坪。

庭园四处可见卫兵步哨，他们穿着奇怪的胭脂色军服。索尔兹伯里暗自思忖，载泽这人这可不单单是崇洋媚外那么简单。

"那些军人是怎么回事？"

阳光下，载泽眯起眼睛答道："是我的兵。他们来自各个国家，指挥官还是个英国人呢！"

索尔兹伯里心想，还是别问了，载泽的这些兵多半是由总税务司罗伯特·赫德提供的。话说回来，为保护皇族的安全，拥有一小队外国雇佣兵也不算过分。

载泽穿过客厅走到露台上，选了一张枣树树荫下的椅子坐了下来。

"Please Admiral, 你喜欢莫扎特吗？"

说着，载泽直起他纤细的手指对窗子里做了个手势，客厅里便传出三角钢琴演奏的琴声。仆人适时送上了红茶和点心。

仆人、琴手都是白人。

"在中国，现在这个时候正是午茶时间。"

"哦？"索尔兹伯里端起杯子的手停住了。

"我是难得悠闲一会儿，过后又得忙上半天。"载泽绽开那张爱新觉罗后裔特有的瘦削、白净的脸，笑了。但是，他静静地将红茶送往嘴边的动作却不是中国人所有的。

"这个国家原本就是地大物博，物质上不依赖国外，是世界上唯一一个能够完全自给自足的国家。"

在载泽身上，丝毫看不出坊间传说的"举止轻狂者"的影子，倒可以说他是个知性、明理的贵族公子。想到这里，索尔兹伯里将事先想好的寒暄用词都忘得一干二净。

"你从印度过来，想必有自己的困扰吧？你得设法给伦敦的淑女贵妇带上许多高档茶叶和瓷器，不然过不了门。但是中国就不需要什么，因为这里应有尽有。所以，我们两个国家之间的贸易是很不平衡的。"

索尔兹伯里唯有静静地听对方絮叨。他现在可以认定，眼前这个皇族平时是故意给人留下沉迷于西洋不可自拔的印象。

"于是，你们就想到，可以把印度出产的鸦片带到中国来。没错吧？"

"啊，不是——"

载泽瞅了一眼不知说什么才好的索尔兹伯里，微微一笑："呵呵……不就是这么回事嘛！"

好！他终于说了一句汉语，拍了一下手点点头。"阁下，你是个好人，不说谎，也不找借口，果然是货真价实的英国贵族！"

"是的，在我们国家的贵族中，有许多是光有一个爵位的假货，甚至可以说全是些这类徒有其名的贵族。我的祖父就是因为坚决反对鄙国对贵国的政策才被迫下野的。他抵制对贵国采取非人道的政策。我这次被赋予来华的使命，也等于是认可了索尔兹伯里家族的贵族地位。"

"原来如此。那，将军今天上门有何贵干？"

看来该直奔主题了。索尔兹伯里谢绝了载泽递来的香烟，直了直身子。

"我们想谒见光绪皇帝——"

"谒见皇帝？"

"是的，而且非常迫切。我们有事询问。"

话一出口，索尔兹伯里才发觉说漏了嘴，他赶紧闭上嘴巴。

"询问什么事？直接找皇帝询问事情，这在我们国家，按常理是无法想象的。"

"询问的内容恕我无法相告。不过，请您相信我，这绝对是为了光绪皇帝。"

载泽将红茶端到口边，视线从索尔兹伯里身上移开，投向庭园。

"伯爵，"沉吟片刻后，载泽并没有收回远眺的目光，只是轻声地说，"您能接受我一个请求吗？"

"说吧，殿下。"

"替我劝皇上，不，载湉逃亡国外。"

"逃亡？！"索尔兹伯里轻呼了一声。

"不然，他早晚会遭害。"

载泽对皇帝直呼其名，语气中包含着实实在在的亲近感。

"我和载湉情同手足，从小一起长大。确切地说，我是长他三岁的哥哥。我爱着他，他也一直只信赖我。如果贵国承诺接受他避难的话，一切准备工作由我来办。"

"这会激怒太后陛下的，甚至会引起战争。"索尔兹伯里担忧地说。

"这个担心是多余的。太后巴不得有这样的结果。"

"怎么? 太后不是怀疑皇帝有暗杀企图才把他幽禁在瀛台的吗?"

"所有这一切都是那些底下人搞的阴谋。太后将她钟爱的载湉幽禁在瀛台,是为他着想。只是,那里绝不是一个安全的地方。"

索尔兹伯里开始后悔太相信大阿哥说的话,觉得自己似乎进入了一个圈套。

当他拿出手绢擦拭额上沁出的汗珠时,发现有一顶白色的遮阳伞在眼前一晃。远处茂密的杉树林中走出一个身穿中国服装的女子,她正朝这里走来。

"张太太?"

"是的,是我喜欢的女友。也是我已亡故的堂兄的独生女。"

"哦,是你亲戚?"

"他父亲的名字叫载淳。说清楚点,就是穆宗同治皇帝。同治帝在咸丰十一年六岁时即位,在位十三年就驾崩了。"

张太太轻轻转着白色的遮阳伞,踩着绿得耀眼的草坪朝这边走来。将军内心感叹,这世上怎么会有如此美貌的女子?

"您是说,是同治皇帝留下的骨血?"

"不错，阁下是个聪明人。她是这个世界上慈禧太后唯一的孙女。"

索尔兹伯里不由得想，如果皇帝是太阳的话，那这个女人就是月亮吧？

"我很理解殿下为什么会迷恋她，确实长得美……"

"是吗？"

"我也好像喜欢上她了。"

"啊，那请便。不过她是绝不会接受求婚的。"说着载泽怔怔地看着茶杯，白皙的脸庞满是落寞的神色，"她是天上的星星，爱她的男人都是地上的花朵。"

走到露台的台阶口，张太太收起了伞，优雅地弯了下膝盖，行了满族礼。

"张太太，我知道将军阁下的来意了。"

满族美女像玩魔术似的打开羽毛扇子，遮住她的绛唇。

"那殿下所托的事呢？"

"嗯，我说了。不过还没得到应承。"

张太太抬头看着露台上的索尔兹伯里，像是在等待他的回答。

"将军，请您邀请中国皇帝参加白金汉宫的舞会。"

索尔兹伯里的海军礼服肩饰在午后阳光的映照下闪着亮光，他拨弄着搁在膝头的军帽上金色的帽饰，一时不知道说什么好。

　　一阵悲伤涌上心头润湿了他的眼睛。

　　"……皇帝陛下已经失去了伴侣。"

　　索尔兹伯里还想接着说，他想亲自听听皇帝对这事是怎么说的。但是，他把后半截的话咽了下去。

　　"那就问一下皇上吧！"张太太说，像是在抚慰将军的悲切心情。索尔兹伯里虽然明白，那不过是她计划中的一个环节，但他并没有生气的感觉。

　　此时，所有证人所说的话，就像这午后灼热的风，在索尔兹伯里心头一一拂过。

　　"我明白了，那就邀请皇帝陛下参加白金汉宫的舞会吧！"

　　张太太收起扇子，面朝南边紫禁城的方向微微笑了一下。

　　"明天傍晚，我们一起去瀛台吧。"

　　草坪尽头，泽公府的杉树林，此刻静得就像一幅画。

　　风停了。

第八章

天子

　　第二天傍晚，四位贵族悄悄地在东交民巷天主教堂碰了头。

　　他们要悄悄去谒见被西太后囚禁的年轻皇帝。他们心里都很清楚，如此大胆且充满危险的举动，此生大概不会有第二次了。更别说这次谒见的目的，是聆听皇帝亲自道出两年前义和团暴动最高潮时发生的珍妃被害事件的真相。作为回报，他们还将协助身陷囹圄随时都可能遭遇不测的皇帝逃往国外避难。

　　眼下，日薄西山的帝都北京由进驻的八国联军士兵把守要害，维持治安，表面看来太平无事，其实暗中处处充满杀机，西方列强你争我夺都想在这里获得最大利益。英国、法国、美国、德国、日本、俄国、意大利、奥地利，每个国家除了派驻正规的公使和外交团之外，还在市区各个角落潜伏了大量的间谍。除此之外，在相邻的俄国，势力越来越强的共产主义者和来自南方的革命势力也在京城悄悄渗透扩张。最可怕的是，被西太后——这个最彻头彻尾的马基雅维利主义者纵容的义和团余孽，他们已蜕变为杀人不眨眼的刺客，在这个城市里无所不为。

四位贵族之所以选择在东交民巷的天主教堂碰面，是因为这里差不多就是德国谍报机关的一个据点，德国神父是冯·施密特大校的朋友。

一棵已被烧成枯木的巨大槐树掩映着带有两座尖塔的哥特式教堂，斑驳发黑的砖墙上只有大天使米迦勒的大理石像泛着白色，显得尤其醒目。

在这沙尘滚滚的黄昏时节，四位贵族带着谒见用的大礼服，身穿便服悄悄地在天主教堂会聚。

"将军，我们这次可真的算得上是一辈子才有一次的冒险行动。"施密特一边摆弄着胸前一排勋章一边说。他的说话声虽然不大，却在结构繁复的穹形天花顶上久久回荡。

"连你这个身经百战的老将都么想？啊，你忘了在主的面前，快把军帽脱了！"

施密特连忙拿下饰有羽毛的德国陆军军帽，面向祭坛轻轻划了个十字。

已经整装完毕的索尔兹伯里将军坐在做礼拜用的长椅上，用手掸着军帽上的尘土。

"总裁和教授怎么还没到，又不是参加舞会，非得迟到五分钟不可吗？"

一会儿，门外传来马车停车的声音，门口出现了谢尔盖·彼得洛维奇熊一般的身影。

"Благодарю Вас за приглашение.今天谢谢你们的邀请。"

嘘！两个军装打扮的贵族同时回头，使眼色要彼得洛维奇小声点。

彼得洛维奇脱下不合季节的貂皮帽，划着十字，放低声音道："Khorosho，好。等一会儿我会再贡献一些历史性的计谋。"他无所顾忌的嘶哑声音再怎样压低仍是震得空气嗡嗡响。而且，当他用母语，而不是流畅的汉语或俄罗斯贵族通用的法语说话时，定是他的情绪有些激动了。

"公爵阁下，就按昨晚的约定，今天的安排都交给我吧！"索尔兹伯里对大步走近自己的彼得洛维奇说。

昨天，他们在北京饭店商议到很晚才结束。当索尔兹伯里向大家据实告知同镇国公载泽私下订立的密约后，其他人都皱起眉头面露难色。

能从皇帝口中了解到事情的真相，这当然再好不过；但是，作为条件，帮助皇帝逃亡海外，这个约定是不是太过轻率了？

开始大家有这个疑虑，但随着深入交谈，渐渐地意见趋于一致了。现在所做的一切，目的都是为了光大抵制自由主义和共产主义的王权，所以，将处于软禁状态随时都有可能被毒杀的光绪皇帝转移到安全的地方，这绝不是过分的行为。在查明珍妃之死的真相的同时，理所当然要保障皇帝的生命安全——慢慢地大家就达成了这样的共识。

"我昨晚一宿没合眼。"彼得洛维奇在将军旁边坐下时，把椅子弄得吱吱嘎嘎响，"你一开始就将避难地点定在伦敦，该不是为了抢功吧？"

"总不见得定在莫斯科或圣彼得堡吧？尼古拉沙皇和西太后的关系那么好。"索尔兹伯里用法语回答。

"不，我不是那个意思……"

可以相信索尔兹伯里并没有政治意图，但若是实现了光绪皇帝避难伦敦的话，一直在处心积虑地要把中国大陆变为第二个印度的霸权主义者，恐怕是不会放过这个千载难逢的机会的。

"确实，"在祭坛前来回踱着步的施密特开腔道，"就算将军阁下没有什么特别的企图，也还是有可能带来不好的结果。对此我也有那么一点担心。"

"什么不好的结果？"

"也许可以说那是必然的结果。在伦敦建立流亡政府，以香港为据点开展恢复帝政运动；与军阀联手推翻西太后的统治，中国大陆顺理成章地就成了大英帝国联邦的一员。"

"别开玩笑了，大校。即使将光绪皇帝送往柏林，不也是一样的结果吗？袁世凯现在正巴结着德国，他在山东省举兵推翻西太后是件很容易的事。此后，在德国的撑腰下，建立以袁世凯为首任大总统的共和政府。哼，别做梦了！"

"别误会，我不是这个意思。我想说的是，我们一起所作的努力，到最后会不会造成我们无法掌控的结果。"

"这么说起来，到哪个国家都是一样。那就干脆送往日内瓦得了，这样大家就都不会有什么意见了吧？"

就在这个时候，教堂的门开了，只见昏黄的夕阳下站着个绅士打扮的小个子，架在鼻梁上的圆形眼镜闪着亮光。

"我的意见是，送往日本最合适，各位意下如何？"

"开玩笑呢！"三位白人贵族一齐回答。

"不，这不是开玩笑。我们国家接纳了许多戊戌政变时从北京出逃的仁人志士，他们都是光绪皇帝从前的左臂右膀。"

贵族们像是看见眼前有小孩在恶作剧似的摇手叹息道：

"教授，如果你还没有注意到，那我先说清楚吧！这是世界上最坏的选择。与其送到日本去，还不如交给《纽约时报》或《世界报》的记者来得强。"

大校和公爵也同意索尔兹伯里的说法。日本军队在义和团事件中的活跃表现人所共知，这不单单是地理上占据着优势地位的关系，日本的如意算盘是，先征服朝鲜半岛，将其作为跳板，最后在中国建立霸权。现在，日本收留了大量戊戌政变的避难者，若再将皇帝送去，等于是把整个中国拱手送给日本。

"这样做绝没有恶意，因为日本希望中国和平。我们可以先请伊藤博文从中斡旋与西太后谈判。为保证皇帝的安全，我们可以考虑从舞鹤港上岸直接进入京都的宾馆……"

"后果不堪设想……你想让半个中国的百姓人头落地吗？"

彼得洛维奇不耐烦地站起身，将军和大校也跟着准备出发，全然不把松平教授的话当回事。

下午五点。

一辆镇国公载泽的绿色马车前来迎接四位贵族。

这辆马车装饰奢华，即使在伦敦和巴黎的街道上行驶也会吸引住路人的眼球。英国制造的车身上满是精雕细琢的金银装饰，两匹白马的辔头也是用光可鉴人的黄铜制成。

索尔兹伯里望着这辆早有耳闻，可如今亲眼目睹还是为它的奢华吃惊的马车，心里在嘀咕，如此引人注目的座驾，那我们掩人耳目悄悄行动的意义不是一点都没有了吗？

马车的先导是一匹毛色乌黑油亮的阿拉伯高头大马，骑马者是一位北洋军军官。此人长辫及腰，头戴军帽，军帽的帽带固定在下颚上。军官骑着马，在滚滚的沙尘中向他们走来，腰间的军刀铿锵作响。

"让你们久等了，阁下。"

仰头望着举手敬礼的军官，索尔兹伯里简直不敢相信自己的眼睛——是张太太！

"啊，怎么是你？"

"本人受命护卫各位前往瀛台。这辆马车将一路通行无阻，敬请放心乘坐。"

说着，张太太从车夫手里接过公爵旗。三角形的杏色旗帜上染着一个"泽"字，那是镇国公载泽的标志。

“将军，这位北洋军少校是？”施密特一脸疑惑。

“你仔细看看，应该也认识的。”

张太太对着施密特绽开了笑脸。

“好久不见，大校。”

“啊——”

“不用大惊小怪。骑射之术本来就是满人的专长。我是爱新觉罗的眷属，比起跳小步舞，还是玩骑马射箭更拿手。”

盛装打扮的贵族们怀着忐忑的心情坐进了马车。宽敞的车厢内飘着一阵阵檀香味。

位于紫禁城西苑的南海是一片碧波荡漾的人工湖。其正门是天安门以西、面向长安街的新华门，一座蜈蚣桥将满是莲叶的湖面一分为二，北面就是中海了。这片统称为中南海的风景胜地，原先是嫔妃的离宫，义和团事件发生后，瓦德西将德军司令部设在这里，临走时，不仅抢去许多珍宝，还烧毁了好多建筑。

南海中央，无数碧绿莲叶簇拥中隐约可见层层叠叠的琉璃瓦，那便是瀛台。瀛台远看虽然感觉有些荒凉，却因为四面环水的关系，没有受到侵略者魔掌的肆虐。

翔鸾阁、瑞曜楼、春明楼、湛虚楼、云绘楼、庆六殿——这些建筑都是小巧玲珑，在荷花池的映衬下，宛如一座玩具城。

聆听着沙尘掉在莲叶上发出的声响，索尔兹伯里忽然有一种奇怪的感觉，似乎自己的魂魄正受邀前往黄泉之乡。太监划着小船载着众人朝瀛台进发，疾行的小船恍如在莲叶上滑行。

"这地方很安静吧？听说从前乾隆皇帝常常一个人躲在这里思考天下大事。"张太太支起一条腿踩在船舷上，凝望着前方沙尘弥漫的天空。

"载泽殿下呢？"索尔兹伯里回头问道。

"他先一步进殿觐见了。为的是事先将你们谒见的事告知皇上。"

"皇帝陛下还好吧？"

张太太迟疑了片刻后用纯正的法语回答说："说好也算好吧。"

"怎么，皇帝身体欠佳？"

张太太没有回答。

索尔兹伯里不由得细细回想这位不幸的中国皇帝的身世，他觉得自己至少应该再次分析一下发生在这位皇帝身边的种种客观事实。

光绪是清王朝的第十一代皇帝，其堂兄同治去世后，四岁的他继承了皇位。从此，他就在大权独揽的西太后垂帘前默默地当一个"傀儡"，直到意在复权革新的戊戌变法失败，成为"阶下囚"。

在漫天沙尘中，荷花池对面的瀛台宫殿楼阁看上去就像海市蜃楼一般。索尔兹伯里心中暗下决心：绝不能让人杀了他。

张太太抬了抬军帽的帽檐，闪着亮光的双眼望向前进的远方。

"现在皇上身边没一个嫔妃，就五个太监在照顾他的生活起居，其他就是看守的警卫了。虽说那不是牢房，但大家都看到了，这是一个被很大的荷花池围着的孤岛。除了载泽殿下和我会不时看望皇上，陪他说说话外，再不会有其他人上岛。皇上的一天三餐由他身边的太监去后宫的御膳房取来。那些饭菜，冬天冻得又冷又硬，夏天则散发着腐臭味。皇上每天就吃着这样的饭菜，处境实在凄惨。"

皇上身边的这五个太监当然也是西太后派出的人，与狱卒无二。

"处境确实凄惨。"施密特喃喃道。

"真不知什么时候就下毒了。一旦定下皇位继承人，又能让外国记者深信不疑的话，皇帝的死期也就来临了。所以现在实在不该是争论去哪个国家避难的时候。"

"是的，再不能拖延了！"张太太急着说道。

此时，索尔兹伯里的脑海里浮现出英国公使馆挂在宴会厅里的光绪画像。那是一幅笔法细致的中国风格工笔画，皇帝身穿光彩夺目的龙袍，神采奕奕。

从相貌上就让人感觉，这位肤色白皙、眉清目秀、嘴角抿紧的青年皇帝是一个知性、充满智慧的中国君主。

从乾隆帝起，连续五代的君主不是性格懦弱，就是闭国排外，使得这个东方大国日益衰败下去。就如同柳暗花明，绝望中突然出现了光绪这样一个英明的君主，因此绝不能让他成为悲剧性的人物。

快到岸了。太监划着小船冲开茂密的莲叶，一会儿船就靠近了一幢朱柱琉璃瓦的楼台。

这是瀛台的迎薰亭。镇国公载泽身后跟着太监，前来迎接他们一行。

"因为是私下谒见，所以免除一切礼节。"

这话的意思大概是说，见面时彼此省却生硬客套的寒暄。而说这话的载泽自己呢，却是一身清朝官员的正式服装，身着华贵的蟒袍，头戴珊瑚顶戴，补服的胸前是象征爱新觉罗皇族的团龙花刺绣。

"辛苦你了，寿安公主。一路上没碰到什么麻烦事吧？"

随着一行人走进迎薰亭后，张太太向载泽敬了一个标准的军礼。

"由北洋军的军官做先导引领载泽殿下的马车，哪会有什么事？这实在是个好主意。"

寿安公主应该是张太太的真实身份吧？四位贵族望着眼前的男装丽人出神。

"那边已备有旗袍，你去换一下。总不至于这身打扮去见皇上。"

"好的，殿下。待会见。"

目送着张太太挺拔的背影消失后，载泽转首打量着洋人贵族的装束。他满意地点了点头。

"自戊戌年以来，这次是皇上首次接受外国友人的谒见。尽管只是非正式会见，但还是请各位多加留意。可以吗？"

四位早已绷紧了神经的外国贵族异口同声地用各自的母语作了应承。

一行人在太监的引领下，朝层层围着生长茂盛的松柏、香樟树的瀛台内殿走去。

汉白玉的回廊前是坡度平缓的台阶，台阶走到头，便能望见一座外观雅致，涂有鲜艳的红、黄两色的双层宫殿。

"那边是翔鸾阁，万岁爷正在等着你们到来。"

就在走完台阶的地方，载泽让太监退下。此时，沙尘还在不住地翻滚，宫殿的琉璃瓦顶看着就像笼罩在云雾之中。

"我先入内禀报，各位在这廊下稍等片刻。"载泽将贵族们带到翔鸾阁的外廊后，独自上前去打开宫殿中间的门。走路时，他头上的顶戴花翎也随之晃动。

"载湉，他们来了。"就像是告诉家人有客人来访似的，载泽对着门内很随意地呼唤了一声。

四位洋人贵族就像大理石雕像一样，全身蒙着灰白的尘土，站着一动不动。

"简直像做梦一样。"彼得洛维奇歪了一下红色的络腮胡，终于说出了一句话。

"我们这会儿是去见皇帝！他和秦始皇、汉武帝、康熙、乾隆一样，是中国的皇帝！"松平教授掏出手帕按了按眼角。

"太难得、太难得了！作为一名军人，这将是我一生最难忘的荣誉。"施密特激动得背脊都有些颤抖。

"把一切都交给我吧，各位。赌上我的祖国的王权和身为贵族的骄傲，我也要揭穿王妃之死的真相，保护皇帝陛下不受伤害。"

几位贵族一齐将因过于紧张而苍白的脸转向索尔兹伯里，态度坚决地点了点头。

这时，镇国公载泽从门里探出头来，那模样就像是在招呼玩伴。

"让你们久等了，快请进。今天载湉的心情真不错！"

见载泽在招手，四位洋人贵族赶紧将帽子夹在腋下，鱼贯步入翔鸾阁大门。

夕阳的余辉透过蒙蒙的沙尘射入殿内。光线所及之处，只见光绪皇帝弓着他瘦削的身子像个孩子似的蹲在地上。

皇帝做工粗糙的灰色长袍沾有污垢，脑后的长辫干枯而无光泽，就像假发。

"载湉，你看，大家都来了！"

皇帝不做声。他仍然弓着背蹲在地上，似乎还没从某种让他着迷的东西中回过神来。他的背后，就是左右两边都有阶梯盘旋而上的金色宝座。

走下宝座，在地上铺开白布，皇帝就又回到了他的童年时代。

"等一下，马上就好了。"

贵族们听见了皇帝的招呼声。那是一种尖细得就像拨动了二胡琴弦后发出的响声。

"对不起，载泽。刚才我还以为做成了，可这滚筒还是转得不利索。啊，毛病出在这里！这发条得再松弛一下。嗨哟，哈，成了！"皇帝头也不抬，继续忙着他手里的活。

洋人贵族蹑手蹑脚地走进殿内，从背后围住了一屁股坐在地上的皇帝。

皇帝膝前放着一个镶有象牙的盒子，大约有两只手掌宽。他将薄得像纸一样的白皙手掌放在橡木制的盖子上，说："好了吗？开始喽！"

盒上镶嵌着的夜光蝶螺反射到昏暗的天花板上，形成一个光圈。盒盖刚一打开，从中便流淌出《桑塔露西亚》的美妙乐声。

"成、功、了！"

皇帝松弛的嘴唇滴下一丝口水，掉在了膝盖上。他太兴奋了。

"陛下，大清国皇帝陛下，真是可怜，真是太可怜了！"索尔兹伯里口中喃喃，他咬着嘴唇，不知道接下来该说什么好。

他完全不了解这个国家的历史，也不清楚到底发生了什么事情毁掉了眼前这位皇帝的聪明才智，让他沦落到如此地步。呈现在他眼前的，是一个有着五千年悠久历史的东方大国垂死的模样。四位贵族低着头聆听着从八音盒里传出的意大利民谣。

施密特终于忍不住哭出了声。这位军容威严的德国军官不住地抽泣着，以至于将胸前的勋章弄得叮当作响。

"Правда，真令人难以置信，这究竟是怎么回事……"彼得洛维奇用俄语嘀咕了一声后，双掌掩住了脸庞。

"教授，请向陛下传达我们的敬意。"

听见索尔兹伯里这么说，用手帕捂着鼻子的松平教授走上前去。

拂过湖面的风带起了金色的砂砾，落在了皇帝瘦弱的背上。在夕阳的映照下，皇帝的身姿看上去就像拜占庭的马赛克画纹丝不动。

"皇上，请在宝座上坐下，接受我们的敬意。"松平教授的北京话说得字正腔圆。

"不需要。"皇帝头也不回地拒绝了。

"朕已不再高高在上接受大礼了，就在这里听你们说。"

在载泽的催促下，一众人就地跪下。皇帝仍在歪着他那似乎可以透光的白皙脖子专心听他的《桑塔露西亚》。

"真想拆了再重装一遍。"

"好不容易装成了，就先这样吧。载泽，和这些洋人说说话吧！"载泽用探询的眼光看着皇帝，轻柔地劝道。

　　"嗯。"皇帝动了一下瘦削的下颚，双手捧着八音盒，转过身面对索尔兹伯里。

　　"你从哪国来？"刚才还在说着汉语的皇帝，这次换用英语问道。而突然间听见中国的皇帝在用自己国家的语言询问，索尔兹伯里激动得不知说什么才好。

　　"是，陛下，我从英国来。奉爱德华七世之命……"

　　"爱德华？英国的国王不是维多利亚女王吗？"

　　"女王陛下已在去年一月驾崩了，由威尔士王子继位，即位后是爱德华七世。"

　　"是吗？朕已非自由之身，对世界大事已是孤陋寡闻。幸亏载泽不时送来报纸可略知一二。"

　　如此娴熟的英语真让人吃惊。索尔兹伯里心里在想，皇帝没有疯，只是病了。

　　"这么说，爱德华陛下同时也是印度的国王吧？"

　　"是的，陛下。大英帝国的国王同时也是印度的国王。"

　　"是吗？"光绪皇帝悲伤地看着手中的八音盒正在不停旋转的圆筒，那清澈的眸子像夜空般深不见底。

"那干脆也身兼大清皇帝如何……"

载泽轻轻碰了一下光绪皇帝的肩膀。

"这话可不能说，载洸。大清皇帝不是你吗？"

大概是发觉自己说漏嘴了，皇帝抬起头看着索尔兹伯里，轻轻地点了点头。

"这个八音盒是珍妃送给朕的。"

"对，陛下。这个我们知道。"

索尔兹伯里想起了那些证人陈述时的情景，他一时又不知如何开口了。

"那上面有瑞士制造的字样，乐曲也很好听。"

"陛下知道这是什么曲子吗？"

"朕不知道。载泽和寿安也不知道。告诉朕这是什么曲子。"

"是意大利民谣。一个叫拿波里的港口城市流传下来的歌谣，名叫《桑塔露西亚》。"

"拿波里……"皇帝垂下长长的睫毛，侧耳倾听着八音盒里传出的乐声。

"陛下知道这个地方吗？"

"啊，朕想起来了。从前，先帝乾隆那会儿有个名叫伽斯底里奥内（郎世宁）的画家，功夫十分了得。他不仅能画很好看的画，还参与设计了圆明园的西洋楼。朕听说他的故乡就是拿波里。"

索尔兹伯里从没听说过有个叫伽斯底里奥内的意大利人，其他几个贵族也一齐摇头。于是载泽在一旁作了补充。

"是朱塞佩·伽斯底里奥内，一个乾隆皇帝非常信赖的耶稣会传教士。他留下了很多精美的艺术品，但后来全被英法联军烧毁了。"

缓缓流淌的意大利民谣不停地撞击着索尔兹伯里的心扉。一位陌生的美的传播者一边哼着故乡的歌谣一边画着画、制造喷水池、设计西洋楼……但是，他留给后人无数的"美"，全在后世被野蛮踏入这个国家的外国士兵毁掉了。

"你是海军的军人吧？"

"是的，陛下。"

"那你一定去过港口城市拿波里了。这是一个怎样的城市呢？"

"是的。意大利的拿波里——"

此时，索尔兹伯里脑海里开始浮现出拿波里城旖旎的风景，地中海的阳光和微风从他眼前掠过。那一瞬间，他不由得举手擦拭溢出的眼泪。

出生在那个地方的耶稣会传教士究竟为何来到这个国度？他是为了什么人、做了些什么、最后又是怎么死的？

随即，他的眼前又浮现出亚罗号船事件发生时，被英法联军疯狂掠夺之后又一把火烧得干干净净的圆明园废墟。遭此荼毒半个世纪之后，八国联军又在那里干了同样的事。他们借口镇压义和团之乱，烧杀劫掠，干尽坏事。

"拿波里是个美丽的城市，称得上是一座有着地中海独特风光的乐园。陛下一定要去看看。"

光绪皇帝睁开眼，他那如同玻璃珠般清澈的眸子闪了一下，就像正在做着美梦的少年，但随即又黯淡了下来。

"一个人去，有什么意思呢？"

大家都清楚这句话背后隐藏的是无尽的悲哀。索尔兹伯里心想，该是鼓足勇气说出正事的时候了。

"说起来真是不胜惶恐，我们有件事要向陛下打听一下。"

"是什么事？尽说无妨，朕来回答你。"

"是珍妃的事。两年前，珍妃遭遇了灭顶之灾。今天，我们就是想来听听陛下的说法，那一定就是事件的真相了。"

光绪皇帝显然已经听懂了索尔兹伯里的英语。为了忍住痛苦，他闭紧了眼睛，叹了一口气。随即，微张的口中又流出口水，像是要吐出什么毒液似的。

"一定要朕亲口说出这件不堪回首的往事吗? 那些底下的人都是那么不中用? "

"确实冒昧。我们已经找了几个人了解了一下事情的经过,但是无法判断哪个人说的是真的,哪个人说的是假的。所以今天想来恭听陛下亲自说出事情的真相。"

皇帝闭上眼睛, 思考了片刻。

"你说已经找了几个人, 他们都是些什么人? "

"第一个是美国报纸记者托马斯·巴顿, 第二个是养心殿从前的太监, 现在栖身于老公胡同的兰琴; 其他还有袁世凯将军、珍妃的姐姐瑾妃、永和宫的太监刘莲焦和当时的大阿哥溥儁, 总共六个人。"

光绪皇帝扳起花茎般纤细欲断的手指一一数着, 最后低声说了个"好"字。

"为了珍妃, 费了不少功夫, 朕向你们致谢。"

"哪里、哪里! 陛下重赐, 实不敢当。"

"只是, 这些人都不会说真话, 哪儿问得出真相? "

"是的, 所以才希望陛下能说出……"

"朕不说假话!"皇帝打断索尔兹伯里的话,斩钉截铁地说。

"朕是天子。天会说谎吗？天悲伤就下雨，天开心就出太阳，天生气了就电闪雷鸣。天绝不会作假。"

"那就请陛下道出真相吧！"

就在这个时候，门口出现一个人影，她的身影挡住了皇帝背后的光线。

是寿安公主。她身穿满族妇女的正装——华丽的旗袍，向皇帝请安。那张梳着"两把头"的姣美脸容令洋人贵族暗自惊叹。

"寿安，刚才说的那事，你是怎么想的？"

"皇叔，您若能说出真相，就是对珍妃娘娘最好的祭奠。"寿安公主仍然保持着跪地的姿势，只动着樱唇答话。

"祭奠？你是说，朕要是说出真相，珍妃就能到达极乐净土世界？"

"请您——"

"如果真是这样，那我就把那天发生的事告诉你们吧。"

光绪皇帝把八音盒放在一边，转身抱起一只脚，对着洋人贵族开始述说起来。伴随着悲伤、温暖的《桑塔露西亚》旋律，珍妃之死的真相也慢慢地水落石出了。

*

朕——爱着珍妃。

发自内心地爱她,比世界上任何人都爱她。

从她入宫的那天,不,就在老祖宗面前第一次见到她的时候起,朕就发自内心地爱上她了,从此以后,她就是这个世界上朕最爱的人。

每天一早醒来,假如身边不见珍妃,朕就非常悲伤;只要臂弯中有珍妃在,那就会感到无限的快乐和幸福。

忙完政务的间隙或正在举行什么仪式的时候,朕都会时时想起珍妃。珍妃的面容早已深深地镌刻在朕的心里。

有的时候,朕觉得真对不起皇后和瑾妃。但是朕实在没法子同时爱上两个女人。所以一到晚上,朕只想着和珍妃同床共枕。

她那如同凝脂般的白皙身体,即使是宫女和太监,朕也不想让他们碰一根指头。所以,朕宁肯打破宫中的规矩,每晚亲自前往景仁宫。

每天一忙完政务,朕就直奔景仁宫,同珍妃恩爱。

朕已不知道该用什么话来描述那时对珍妃疯狂般的迷恋。反正,朕爱着珍妃的一切,珍妃也爱着朕的一切。

说起来,那不是一种幸福、甘美的恋情。朕越是抱紧她,那种无法遏制的痴情就越是炽热。那时,朕和珍妃常常久久地拥抱着,恨不得将彼此的身体和灵魂融化在一起。

对，"恋（戀）"这个字古时写作"孪（攣）"，《汉书》的颜师古注："孪音力全反，又读曰恋。"意思是说，男女之恋，就是彼此心有牵连。两颗彼此相爱的心，就像套在一匹悍马上的缰绳，两人都紧紧拽住它，互相渴求着对方的爱——这就是爱恋。

那种爱慕之心历经多年没有丝毫改变。甚至可以说，每过一夜，朕对珍妃的爱就又多了一分。朕爱着珍妃的一切。当朕发现她腋下有一颗小小的黑痣，就看作宝贝似的爱着它；当朕摸到她脚心有一块旧伤，也会发自内心地疼着它，疼这旧伤的成因、痛感、形状。

已记不清是什么时候了，有一次珍妃在被窝里悄悄问朕："载湉，如果我不是人，而是丑陋的海参，你会怎么想？"

朕不喜欢海参。自从小时候在醇亲王府的厨房里见过一次海参的模样后，就再没勇气吃它了。

如果珍妃是海参的话——朕这么想着，身上起了一层鸡皮疙瘩，但最后的答案仍是明确无误的。

珍妃，就算你是一只丑陋的海参，朕仍爱你。每天晚上把你搂在胸前，不住地亲吻，紧紧抱着你入眠。是的，朕一定会这样。

朕说的都是真话。尽管海参只是一个夸张的比喻，但是，不管珍妃在朕的面前露出什么样的真实面目，或者是病得形销骨立、衰老得形同老妪,朕爱她的心不会有丝毫的改变。

因为,珍妃就是朕的一切。

没人懂得这种恋恋不舍的爱慕之情是如何像昼夜不息燃烧的烈火炙烤着朕的心的。

朕——爱着珍妃。

记得有一次朕和珍妃一起在南海泛舟休憩。

离开景仁宫的时候就我们两个人。出门时两人独处,前前后后大概就这么一次吧!

那时正是荷花盛开的时节,想来应该是夏天吧!

我们在瀛台玩了一天,日落之后,便坐着小船从迎薰亭回宫。

当时,操桨划船的是御前太监兰琴。这件事他没提起吗?

那就让朕告诉你们。

那是一个满月之夜,湛蓝的夜空满是闪烁的星斗。在月光的映照下,小船轻轻地在开满白色荷花的湖面上划出一条水道,水面上顿时闪出粼粼的波光。

小船划到南海的中央,这里没人能看见我们。兰琴放下划桨,背朝着我们。

我们俩数着天上的星星。

过了一会儿，不知怎的说起了谁都提不起兴趣的政治话题。那个时候正是戊戌亲政前夕，白天政务繁忙。

但是，朕并不想说起这些，只是想在同床共枕之外倾诉朕的恋慕之情。所以，那热门的政治话题稍谈了几句，我们就不去说它了。此时，珍妃端庄、娴静、轮廓清晰的侧脸映在月光照耀下的湖面上，有一种恬静之美。她吟起了古诗：

银汉迢迢夜气澄，

都忘朝暮困蚊蝇。

那是诗人陆游的诗句。珍妃吟出的诗句将朕以前在师傅那里学到的陆游诗作激活了，朕也以陆游的诗应景唱和。

河汉无声天正青，

三三五五满天星。

朕剧烈的心跳就像在打鼓。而月光下，珍妃白皙的脸蛋在微颤着，简直可以让人错看成夜色中晃动的荷花。

是的，与我们俩高贵的恋情比起来，政治这东西就像蚊蝇一般低贱渺小。头顶上，银河在悄无声息地缓缓流淌，岸边的天空是一片湛蓝湛蓝的青色。在我们的世界里，除了满天的繁星，就只剩下我们两个人。

我们俩情不自禁地接吻，久久不愿分开。

就像人们所说的塞纳河畔的恋人、威尼斯贡多拉船上的情侣一般。

朕——爱着珍妃。

发自内心地爱着她，比世界上任何人都爱她。

现在朕来回答你们的问题。

回想起那天发生的事，朕的身体就像被撕裂般疼痛。但是，如果这么做能慰藉珍妃在天之灵的话，朕愿意把真相全都说出来。

庚子之乱时洋人烧毁京城的经过，朕并不清楚。那时，戊戌政变发生，朕已被囚禁在瀛台了。

记得那时是八月份某一天的傍晚。大总管太监李春云来迎接朕。才一会儿呢，洋人的军队就破了东华门。春儿说，禁卫军正在拼命抵抗，趁这个间隙，我们赶紧从西华门返回紫禁城里，等待卤簿准备完毕后就前往西安避难。自古以来，人们把天子逃亡称作"蒙尘"，意思是不可移动的天之子蒙受风尘逃离京城。因此，不管事态有多严重，朕还是觉得此事太突然了。

朕内心十分抵触。倘使太后陛下和嫔妃、皇族也就算了，朕作为堂堂中国皇帝，若是离开世界中心的龙珠之下蒙尘北逃，则天下从此失去支柱，势必天崩地裂，这是朕无法接受的。

春儿不满地对朕说："如今天下大乱，虽说皇上这次是蒙尘避难，但只要勠力同心，来日当又可东山再起。但若让皇上落入洋人手中，或遭遇不测，那么大清国就真的寿终正寝矣！"

春儿说着靠近龙椅，又压低声音道："……奴才一定设法让珍妃娘娘一起走。"

这句话打动了朕的心。能见到珍妃了。不仅如此，或许还能把珍妃从冷宫中救出来，一起逃往西安后共同生活。

那个时候，朕甚至愿意用整个世界、地球、天下，换取珍妃。朕甚至想到，逃难路上可以瞅机会带着珍妃私奔，或者找熟识的外国公使帮助逃往国外。

朕爱珍妃。朕对珍妃的爱恋比地球重，比世界大，比天下还辽阔。

这种感情没人能懂。

你是问那时倦勤斋院子里的情形？

对，亲爸爸在殿内。边上是从前的大总管李莲英，门口站着袁世凯和荣禄。袁世凯穿着北洋军的军装，荣禄穿的是大将军的黄马褂。看着都很可靠的样子。

院子四周的回廊里坐着皇后、同治先帝的三位妃子，她们个个脸色苍白。而端郡王载漪和大阿哥溥儁则在对面符望阁的凉台上。过了一会儿，太监背着瑾妃也来了。大家都是惊慌失措的样子。

瑾妃扭曲着她那张月饼似的脸，向在场的人一一恳求道："带着我妹妹珍妃一起走吧！轿子不够用，我就留下。求求你们。"

其实她不说，大家心里也明白，因为每个人都爱戴珍妃。

同治先帝的三位妃子也一齐说："一定要带上珍妃！"

最后隆裕皇后也向亲爸爸求情。皇后一跑进倦勤斋就扑通一声跪在地上不住地磕头，对着亲爸爸说："老佛爷，求您了。让珍妃从冷宫中出来，坐着万岁爷的马车一起走吧。求求您，借此机会免了珍妃的罪吧！让我这个不受万岁爷宠爱的人留在这里，册封珍妃为皇后，重整后宫秩序。我愿献身成为牺牲品，为大家争取逃亡的时间。"

嫉妒？那是什么？

你是说嫉妒之心？这种心理这里没有人有，也没有人懂。

那是你们国家女人的心理状态吧？天子的宠爱是阳光，太阳底下，既有向阳的地方，也有背阴之处。人会嫉妒天、嫉妒太阳吗?

袁世凯将刀鞘往地上一戳,大声喊道:"带上珍妃吧!带上珍妃吧!"

荣禄也一手使劲揉着胸口,不住地磕着头:"请务必带上珍妃!"

李莲英像颗芋头在倦勤斋的地上四处乱滚,请求亲爸爸:"带着珍妃一起下西安吧!"

太后陛下的想法,朕是再清楚不过了。朕从四岁的时候起就称呼太后亲爸爸。把她看作是自己的亲爸亲妈,朕怎么会不明白太后的心思?

亲爸爸用她衰老的肩膀担起了整个天下。她宁可自己背上罪人的污名,也不愿将这历经五千年苦难的天下托付给朕和珍妃。她是放心不下。

这件事情大家都明白,只是没说出口。

亲爸爸应允了。

袁世凯一接到"将珍妃从冷宫里接出来,一起前往西安"的命令后,拔腿直奔冷宫。

情况已相当紧急,不容片刻耽误。院子上空不断有子弹呼啸着飞来飞去,交战的干戈声越来越近。宫墙外冒出阵阵黑烟,可能是外朝的宫殿被炮火击中烧了起来。

一颗炮弹在景祺阁的屋顶上炸响, 琉璃瓦纷纷落下, 发出很大的响声。

卤簿的准备工作已经就绪, 催促起驾的传令不时传来, 但却没有一个人想动身。大家都在等珍妃。

对了——朕见过你们。

你们装糊涂也没用。敢情是听别人说朕疯癫了, 特地来看个究竟? 或者是买通了载泽、寿安, 打算将朕挟持到国外, 然后当作傀儡夺取大清?

那你们错了, 朕没有疯, 也清楚地记得你们的脸。

你们竟还有脸说要查究杀害珍妃的凶手!

你的脸色怎么了? 是不是知道朕神志格外清醒慌神了?

那天发生的事情朕记得清清楚楚, 现在就让朕来告诉你们吧!

当时, 在倦勤斋的院子里, 所有人都被落在附近的炮弹炸得趴在地上抬不起头, 滚滚的硝烟中, 只见袁世凯跌跌撞撞地跑了进来。

"大事不好! 洋鬼子把珍妃娘娘……"

就在这时, 一颗子弹射进了袁世凯的大腿。

随即，穿过贞顺门跑进来的——就是你，英国海军将军。

你忘了吗？当时你穿的是陆战队的军装，脚上蹬着带有马刺的长靴，头上戴着毛毡遮阳帽，手上戴着皮手套，拿着一把还在冒烟的手枪——我没说错吧？

你趾高气扬地斜眼看着我们说："嗬，准备逃往关外？行、行，放你们走。过后我们再找老卖国贼李鸿章进行割让土地的谈判，这个办法好。"

当时，将衣衫褴褛的珍妃夹在腋下拖进院子的就是你！还有你和你，长得像一头北极熊的俄国佬和赤发魔鬼般的德国军官！啊，那时，珍妃一定早已受尽了凌辱！

"Спасибо! Уже достаточно! 谢谢各位，我已心满意足了！"

"Guten Tag! Entschuldigen, Sie, bitte!（你好！真是抱歉）哎呀，真没想到我们居然还能享用到后宫嫔妃的身体，简直是做梦哪！她的脸蛋她的身姿还有她身体深处，啧啧，世上绝品哪！"

你一边大声狂笑着，一边用毛瑟枪朝着天空连连开枪。对，就是你！

"万岁！这下中国就是日本的了！"随后大声嚷嚷冲进来的是

你，东洋鬼子。你口中喊着"万岁、万岁"，在院子里跑来跑去。

你们这几个人脖子上都挂着好几十条珠宝项链，口袋里塞满了翡翠和珍珠。你们烧杀抢掠，所以脸上和衣服上沾满了中国人的血迹。

你们还记得那时候端郡王载漪站起身来大声说的话吗——"你们要抢、要烧，随你们；但是不要杀人，不要杀中国的老百姓！"这场战争到了这个地步，端郡王成了罪人，他是鼓足勇气说出这番话的。

端郡王说完，他儿子大阿哥也站起来说："要杀百姓，那就先杀了我们，把皇帝杀了，把大阿哥杀了！你们拿去了茶叶，却把鸦片卖给我们！这样还不够，还要来抢我们的国土，杀我们的百姓！你们真是一群魔鬼！"

朕悲愤欲绝，仰天痛哭，只说了一句发自肺腑的话，你们还记得吗？

"中国对你们做了什么？跟你们没有一丝冤仇吧？别杀人！"

你们笑着一齐回答说："怎么，别杀？杀猪有什么错？"

你们不理睬我们的恳求，朝古井走去。

"杀猪有什么错？"你们口中一边用自己国家的语言嚷着这句话，一边拖着早已瘫软无力的珍妃，提起她的双手双脚投进

~307~

那口幽深阴暗的古井里。

就在珍妃被你们手脚倒提投入水井，她那张美丽的脸快要被古井的黑暗吞没的一刹那，她竭尽全力喊出了最后一句话："载漪，我心爱的人！"

禽兽的耳朵怎能听懂爱的语言？记得当时珍妃看了朕一眼，又环顾在场的所有亲眷，然后用悲愤的眼神盯着你们四个人，用祈求的语气说："不要伤害我所爱的人。"

珍妃就是这样一个女人，所以，朕发自内心地爱着她。但是，就算是说上成千上万遍恩爱的话，也抵不上珍妃挚爱万物生灵的博大胸怀。珍妃爱大家，大家也都爱着她。我不信你们这些笃信圣母玛利亚的人会没听见珍妃临终前说的话，或许你们听见的只是猪叫声吧？

现在珍妃已去了天堂，你们干的坏事如今已经时过境迁，朕也不想再追究了。

但如果你们还有一点人性的话，那就应该遵守和李鸿章订下的契约，一百年后把国土和百姓还给我们。其他朕不指望什么了。

朕——爱着珍妃。

发自内心地爱她，比世界上任何人都爱她。

埃德蒙·索尔兹伯里终于抬起了他一直垂着的头。

瑞士制造的八音盒还在一刻不停地播放着《桑塔露西亚》。随着发条渐渐松弛，曲子的旋律也慢了下来，听起来越发让人感觉忧伤。

也不知什么时候，光绪皇帝已经高高坐在了金色的龙椅上了。他那双清澈的眸子直视而下，令索尔兹伯里也不由得学着中国官员的样子双膝并拢着地，把额头抵住石板地。随即俄国人、德国人、日本人也纷纷俯伏在地。

难道这一切都是计谋？也许我们被引入了一个精心设计的美丽圈套中。

为揭露更为惊人、更惨无人道的暴行，张太太部署了一个陷阱；同时，也为光绪皇帝能够在不受政治利用的前提下，安全地逃亡国外。

张太太手拿扇子凑近索尔兹伯里耳旁低声说道："明白了吗，阁下？"

索尔兹伯里额头依然抵在地上，点了点头。

"陛下病了。请您以大英帝国崇高的名义遵守承诺。"

"是，我愿以英国国旗和耶稣基督之名作出保证。"

"好，那你说吧。"

张太太跪着后退，和镇国公载泽一起坐在一旁的椅子上。

索尔兹伯里缓缓抬起头。

"大英帝国皇家海军中将埃德蒙·索尔兹伯里伯爵谨向光绪皇帝提出请求。"

"什么事？"

"恭请陛下移驾伦敦。我愿以大英帝国国旗之名保证陛下安全无恙。"

跪在地上的四位洋人贵族一齐仰望着龙颜。

"请在今晚进入英国公使馆，随后立即前往天津。我们的地面部队和军舰将全力以赴确保陛下的安全。"

一众人屏息静待光绪皇帝的反应。

黄昏中的南海，莲叶在轻轻摇曳，八音盒也不再出声。

"不。"

气氛一下子紧张起来。

"朕不想流亡。"

黑檀椅发出一阵响声，载泽缓缓站起身。

"你说什么，载湉？原本不是说好了吗？只要洋人真诚地忏悔过去的罪行，保证不利用你谋取利益，你就答应跟着他们逃亡。"

这时，张太太也站了起来。

"皇叔，您要振作起来！这样下去，您不是搞坏身体，就是被人下毒，最后都是死路一条。去伦敦吧，求求您！"

所有人都呼唤着光绪皇帝的名字。

但是皇帝不为所动。他两道英眉纹丝不动，一张如同雕像般白皙的脸对着索尔兹伯里，就像训诫臣子一样说道："朕乃大清皇帝，是居于世界中心的大中华之天子。朕要是离开了中华大地，顷刻间就会天崩地裂。"

载泽忍不住大叫了起来："放清醒点吧，载湉！都到了这个地步你还在说这种话！你真的疯了吗？"

皇帝黑色的瞳仁里闪烁着正义的光芒，他竖起纤细的手指指着头顶上下垂的龙珠说："看见了吗？朕所坐之处，头顶上垂有龙珠。这里是世界的中心，朕是天子！天子可不是洋人之王，而是要用自己的身体支撑着天和地。"

"那你的性命——"

"性命？朕的性命与四万万百姓同在，朕的身体发肤与中华天地同在，而朕的心……"

说到这里，原先慷慨激昂的声音低了下去。

光绪皇帝咬着嘴唇，仰首望着头顶上的龙珠。这时八音盒又响了起来。

光绪皇帝载湉俊美的脸上现出荷花池反光的涟漪，他的眼泪哗哗地流了下来。

"朕——爱着珍妃。发自内心地爱她，比世界上任何人都爱她。就算她是海参，朕的爱也不变；她纵使成了井底的骸骨，无形的魂魄，朕也永远爱着珍妃。"

人们一齐失声恸哭起来，哭声响彻了整个翔鸾阁。

只有埃德蒙·索尔兹伯里一个人仰望着龙椅上的光绪皇帝在沉思。

他既不是皇帝，也不是统治者，而是"天子"。

阒然无声的空间里，唯有荷叶发出的声响交织着八音盒传出的乐声在流淌。

从遥远的戈壁沙漠吹来的沙土将时间层层埋没下去。风，吹过了中国的京城，吹过了街道上成排的老槐树，吹过了胡同，吹过了一片琉璃色的紫禁城，也吹过了红墙下的小路，还有悲伤的王妃长眠于井底的骸骨。

风，静静地吹。

尾声

这些年承蒙大家的照顾，我铭感于心。

现在，我先行一步，越过长城，返回故乡。

我们他他拉氏一族，自太祖努尔哈赤起就一直是皇上的臣子。自太祖后，历经太宗皇太极、顺治帝、康熙帝、雍正帝、乾隆帝、嘉庆帝、道光帝、咸丰底、同治帝，直到当今皇上光绪陛下，总共侍奉了十一代大清皇帝。

不仅如此，我还承蒙万岁爷格外的宠爱，这是我们他他拉氏家族非同寻常的荣光。

我的灵魂的安息之地不是中原大地，而是遥远的东北大草原。我渴望逃离这黄色浑浊的天空，飞回一望无际的蓝天呵护下的祖先的土地。

如果能转世投胎的话，我想成为一个居无定所、目不识丁、唯有力量和勇气、充满正义感的满族少女，整天在草原上牧羊放牛，过着无忧无虑的生活。

那些洋人对这个国家犯下了滔天罪行。

他们用鸦片来换取我们的茶叶、瓷器和丝绸，如果遭到拒绝，他们就用坚船利炮对付我们。无数的中国百姓遭受他们的烧杀抢掠。

为了自己的利益竟然可以大开杀戒，这是多么残忍的事情啊！

他们的国家资源贫乏，所以来到我们这里胡作非为。他们没有醇香的茶叶，也没有精美的瓷器和柔软滑爽的丝绸。他们渴望得到这些物资，却又拿不出可以交换的东西，于是把印度出产的鸦片运来。

生活如此贫困的人，心灵也一定十分贫瘠，所以这些洋人没有一颗为他人着想的仁慈之心。

贫困使他们失去了对他人的同情心。所以洋人才会信耶稣，参悟耶稣的箴言，以保太平生活。要爱邻居，也要爱你的敌人，耶稣的这一训诫显然成了心灵贫瘠的洋人的良知。但是，就算是明知生而为人必须这样做，可为了生存，他们还是不得不经常违背自己的良知。所以，这些洋人在犯下罪行之后，为了逃避良心的苛责，嘴里便一直嚷嚷着爱、爱、爱。

说起来，我们中国人是不会常把"爱"这个词挂在嘴上的，孔老夫子也并不特地强调这个词。

为什么? 因为这是理所当然的事。

我们一来到这个世界就明白，人要互助互爱。这太理所当然了，简直用不着去思考。

对不起，载淊。

请别露出这样悲伤的表情。

这并不是说，我爱你，同时也被你深爱着是一件理所当然的事。

请你这样想，我们之间的爱，只是包容这个国家的大爱之中的一种形式。

至少就我来说，并不想把你对我的格外宠爱看得高不可攀，从而有诚惶诚恐、感恩戴德的感觉。

因为我爱你，刻骨铭心地爱你，从头到脚，无处不爱。真的，那是一种源自心底的无法克制的爱。

我要把自己的一切，包括我的心、我的身体，以至我的生命，都献给我深爱的人。

如此卑贱的我，能献给你的，也只有我的心，我的身体和我的生命了。

因为你是天子。

你是主宰这个世界天和地的天子。

是这个视人与人之间彼此相爱为理所当然的国家的天子。

所以，比起献出我的心、我的身体和我的生命来，必须考虑更有意义、更为你着想的事。

为此，我一直在想这件事情，拿不定主意。

现在我选择了死。

因为我知道你爱我。

洋人们一定会想，把皇帝最宠爱的我沉入幽暗的井底就是对这个国家最大的打击。

因为这些拥戴着自己国王、皇帝、天皇的人以为，皇帝的悲伤就是百姓的悲伤，就是这个国家的悲伤。

但是，他们总有一天会为自己犯下的愚蠢的罪行作出忏悔。

载湉，我的爱人。

我不要你悲伤，因为这是我为你做的事。是不是觉得有点奇怪？

但这是我唯一能做的事。

为什么? 因为你是天子。

载湉, 我的爱人。

现在, 我要凝聚起从十三岁到现在的所有情感, 向你说上一百万遍——

我爱你。

我爱你。

我爱你……

载湉, 你要明白。

因为你是天子, 是主宰这个世界的天和地的天子, 是这个人人都认为彼此相爱是一件理所当然的事, 用不着耶稣也用不着圣经约束的国家的天子。

请你一定要明白这一点。

再见这个词用满语怎么说呢?

真的, 我好想用满语和你说声再见……它一定如同风吹过大兴安岭、黑龙江、呼伦贝尔大草原时发出的悦耳的回音。

大家再见……

对不起, 我只会说汉语 "再见"。

再见, 我的爱人, 所有我爱的人们……

附 原来，历史小说还可以这样写

张竞 著　杜海清 译

　　光绪皇帝宠爱的珍妃是被慈禧太后杀死的，这是中国历史通常的说法，是谁都知道的"常识"。"其实，杀死珍妃的并不是慈禧太后——"如果你在北京的小茶馆里和别人这么悄悄地说，那我可以断言，店里所有的人都会立马竖起耳朵，不，甚至全会噌地站起身来。

　　假如下令杀害珍妃的人不是慈禧太后，那么珍妃的死就成了历史之谜，甚至可以说这段历史就要改写了！"究竟是谁杀死了珍妃？"先前谁都对此不抱怀疑，现在重新质疑这个问题，光凭这一点，就足可挑起人们对历史的好奇心。一件已被人深信不疑的定案

一旦被推翻，就会产生新的谜团。解开这个谜团，就为推理小说提供了写作的空间。

在《珍妃之井》中，一开始就把疑团呈现在读者面前。读者朋友就此被吸引住，产生要把这部小说看个究竟的冲动。但是，浅田次郎在创作这部作品的时候，他得越过眼前的一座山。对于日本读者来说，他们的脑中并没有"珍妃是被慈禧太后杀害"这样的观念。在烹调历史小说这道大菜时如何加入推理的调味品？这就要看大厨厨艺水平，也就是创作小说的作家本事了。

浅田次郎采用的手法出人意料。在解开"杀害珍妃的真凶"这个谜团之前，他先让张太太这一神秘人物出场。她在载泽举办的舞会上选择英国海军索尔兹伯里将军做舞伴，然后在她的独白中叙述了义和团杀死外国人、八国联军以此为借口攻占北京的经过。通过这样的布局，"珍妃之死"的背景便清晰地展现在读者眼前，就算是对晚清历史不怎么了解的人，在进入故事之前也能获得充分的基本信息。就好比在上主菜之前，先来个开胃小菜。被张太太不可捉摸的言行吸引住的读者，通过她的独白知道有这么一个谜团尚未解开，那就是："杀害珍妃的真凶到底是谁。"与此同时，也明白了搜查凶手的重大意义。

这件发生在清宫中的疑案，也许并不是权力斗争的偶然结果，而是一个与西方列强利益相关的国际性事件。当读者了解了这一点，推理的前提也就成立了。这实在是一个绝妙的"开场白"。

浅田次郎的小说，每一部都有不同的开首。就目前能想到的随意举出几部，眼前就浮现出各种各样别出心裁的"开场白"。《铁道员》以描写特快列车开场；《天切松黑暗》第一卷《闇之花道》的开头是描写一个奇怪的老头深夜进入拘留室的瞬间场景；如果说《深更半夜的喝彩声》是以新闻报道般单刀直入的写作手法直奔主题的话，那么《距离天国一百英里》则风格大变，其开头的场景令人想起爱德华·阿尔比《动物园故事》的舞台。

《珍妃之井》开头部分独白形式的对话，还有一个作用，就是让作品中的主要人物出场。神秘的张太太并不是主角，她只是一个引导员的角色，带着作品中的人物走进和走出迷宫。

在她的引导下，四个寻找凶手的外国人出场了。除了英国的索尔兹伯里将军之外，还有德国公使馆的赫伯特·冯·施密特大校、正在日本公使馆执行公务的东京帝国大学教授松平忠永子爵、俄清银行总裁谢尔盖·彼得洛维奇公爵。乍一看，这些人似乎是随意安排的，实际上却有着作者周密的考虑。

《珍妃之井》这个故事发生在义和团运动和八国联军进攻北京

期间，就在八国联军快要攻占北京的时候，慈禧太后逃往西安，兵荒马乱之中珍妃丢了命。

　　义和团运动之所以起源于中国山东省，与西方列强分割中国始于山东省有关。甲午战争之际，日本侵占了辽东半岛，"三国干涉还辽"之后，德国在1898年租借了胶州湾，接着，俄国和英国也相继租借了旅顺、大连和威海卫。

　　1900年，义和团运动发生之后，俄国以保护铁路权益为由，向中国东北出动军队；日本派出大量军队镇压义和团；英国提出出动军队的要求最为强烈，而接替英国海军西摩尔元帅成为八国联军统帅的冯·瓦德西则是德国人。小说的结尾出乎意料，作者将来自这四个国家的人作为追查真凶的主角，实在是一个绝妙的安排。浅田次郎对作品的谋篇布局总是这样细致缜密。

　　《珍妃之井》是《苍穹之昴》的续篇，从内容到形式，都受到前作的约束。《苍穹之昴》成了畅销作品后，读者对续篇便有了更高的期望。所以，也就不能再沿袭原有的创作手法了，因为读者会有不过瘾的感觉，况且从作家本身的追求来说，他自己肯定也不愿再套用令人乏味的老办法。

所以，《珍妃之井》采用了与"大河小说"《苍穹之昴》完全不同的创作手法。作者让七个相关人物一一出场，指证杀害珍妃的真凶。《纽约时报》特派记者托马斯·艾德温·巴顿、光绪皇帝贴身太监兰琴、直隶总督袁世凯、珍妃的姐姐瑾妃、服侍瑾妃的太监刘莲焦、被废太子爱新觉罗·溥儁，以及正被幽禁的光绪皇帝。除了托马斯·艾德温·巴顿之外，其他人都是现场目击者，他们应该知道事情的真相。但是，听了这些人的证言，事件的真相反而越发扑朔迷离。

阅读这部小说，会不由得让人想起芥川龙之介的《竹薮中》，七个人讲了七个故事的样式如出一辙。在《竹薮中》里，最初四个人说明状况，其余三个当事人叙述事件的经过。而在《珍妃之井》中，虽然也是七个人出场，但只有托马斯·艾德温·巴顿一个人说明状况，其余六个人叙述事件发生的经过。他们的证言互不一致，甚至相互矛盾这一点，也同《竹薮中》一样。

但是，虽然说这两位作家的创作手法十分相似，浅田次郎却有着和芥川龙之介完全不同的意图。以前的历史小说大致可分成两种类型，其一，以史料为基础，加入文学性想象，尽可能忠实地再现史实；其二，颠覆历史定论，通过虚构，提示出另一种历史的可能性。但不管哪一种，它们都有一个共同之处，那就是描绘出一幅生动逼真的历史图像。也许很多人会觉得，历史容不得暧昧模糊。

但《珍妃之井》却给我们提示了另一种创作历史小说的可能性。同样一件历史事件，不同的人、处于不同的地位，就会有不一样的理解。同一事件，改变一下视角，认识也会发生变化。因此，我们对于历史的认识，也完全可以不拘泥于一种解释，而是将其置于开放的想象空间之中。就历史小说的创作而言，这种在允许对历史的绝对性进行质疑的领域中重新审视小说创作手法的尝试，可以说具有划时代的意义。

　　这部作品与普通意义上的推理小说有所不同。从内容上看，它确实是一个解开珍妃之死谜团的故事，但在一般的推理小说中，谜团解开了，故事也就结束了。而这部作品的结尾方式可谓是"一波三折"，本来，这部作品说的就不仅仅是珍妃的故事，而是通过叙述珍妃之死，以及围绕她的死出笼的种种阴谋，描绘出历史的多重性。在这个意义上，《竹薮中》的叙述方式只是一种形式上的游戏而已，表达的是作家的历史感觉。

　　浅田次郎的中国历史小说专门描写晚清以后发生的事件，或许这只是一种偶然，却是一个需要具备相当勇气应对的挑战。从明治时期到现在，人们创作的中国历史小说，绝大多数取材于《史记》《三国志》，随着时代的推近，作家创作的积极性也日益减弱，而清代是最受避讳的时期。那个时期的诗歌韵文也不发达，与汉、三国、唐、宋等历史时期比较，我们的熟悉程度相当低，真要举出大众关心的焦点，恐怕也就是一部《末代皇帝》的电影吧。晚清距离现在不过一百多年而已，正因为时代隔得近，"透明度"高，要创作虚构类作品有许多难点。若就如何吸引读者的关注点来说，还是创作以远古时期为背景的历史小说作品更为得心应手。吉川英治的《三国志》、司马辽太郎的《项羽和刘邦》自不待言，上世纪九十年代畅销的中国历史小说无一例外都是取材于远古时期的作品。

而浅田次郎却把视点放在难写的清朝时期。乍一看，似乎缺少"深谋远虑"，但他的首部《苍穹之昴》一炮打响后，其实力便让人刮目相看。他将晚清这一比较难以表现的历史时期生动地呈现在人们面前，成功吸引了大量原先对这一历史时期不怎么感兴趣的读者。就笔者所知，描写清代的小说中，这是第一部畅销作品，《珍妃之井》是紧跟其后的第二部。这两部作品，无论是作者敏锐的历史感觉还是小说创作的技巧都让人叹为观止。

在《珍妃之井》中，袁世凯是作为当事人的角色出场的。在中国近代史中，大概很少有比他更受人贬谪的人物了吧。现在再次阅读《珍妃之井》时，笔者忽然想起曾经看到过的一则报道。那是登载在《北京日报》上的一篇文章，作者是中国人民大学一位研究清代史的学者，其中介绍了袁世凯研究的最新动向。

　　对于戊戌政变的原因，在中国，以往人们都有一个公认的定论，那就是，袁世凯这个人虽然和维新派有联系，但他在紧要关头却背叛了光绪皇帝，将维新派的计划泄露给荣禄，获得情报的荣禄连夜赶往北京密告慈禧太后，这是导致戊戌政变发生的原因。但是，近十几年来，有一部分专家开始对这一定论持怀疑态度。

　　袁世凯的《戊戌日记》常被人们用作研究戊戌政变的史料。根据这部日记的记载，1898年9月18日（农历八月初三）夜，谭嗣同到法华寺探访袁世凯。谭嗣同告诉袁世凯，形势正在急转直下，保守派正准备抬出慈禧太后，扼杀维新变法，若不赶快动手，结果将是束手待毙。他还向袁世凯提出了一个包围颐和园，杀死慈禧太后、荣禄的计划。但袁世凯听了却不置可否，返回天津后立即将暗杀计划告诉了荣禄。

如果袁世凯日记记载的是事实的话，就产生了一个疑点。他是9月20日回天津的，为什么谭嗣同来访后的第二天，即9月19日在北京时不直接向慈禧告密？在慈禧太后可能遭暗杀这样一个千钧一发的时刻，如果袁世凯从一开始就站在保守派一边的话，他就应该先立即向慈禧太后报告，随后再告诉荣禄。为什么要特地跑到天津去向荣禄报告？有这个必要吗？

疑点不止一个。袁世凯在9月20日上午谒见了光绪皇帝后，坐火车返回天津。达到天津的时候天已擦黑。袁世凯向荣禄告密是当天深夜。那个时候，中国还没有开行夜行列车的设施和技术，荣禄当天夜里是无法赶往北京的。这样一分析，袁世凯的《戊戌日记》记述的真实性就很值得怀疑，有很多不足为信的地方。

真相究竟如何？仔细推敲袁世凯和荣禄身边人的证言，便可获得意外的线索。

袁世凯热衷于引进西方技术，他也是强学会的发起人之一。他认同康有为的思想，私下的关系也很密切。在康有为的推荐下，袁世凯受到光绪重用，戊戌政变前夕，被任命为"侍郎"（相当于副大臣）。

该文由此得出结论认为，在从北京返回天津这一时间节点上，袁世凯还不想背叛维新派。杨崇伊比袁世凯先到达天津，并向荣禄报告说，慈禧太后已夺回了政权。而荣禄对袁世凯也是心存戒心，袁世凯来访时，沿途岗哨林立，戒备森严。袁世凯很有可能错以为慈禧太后和荣禄等人已经掌握了谭嗣同的计划，举兵时机已经错失，无奈之下才告的密。实际上，戊戌政变之后，慈禧太后也准备将袁世凯当作维新派成员进行惩罚的，只是后来荣禄看重袁世凯的才能，千方百计加以保护，才让袁世凯死里逃生。

这样一来，对戊戌政变的起因就完全颠了个个儿。也就是说，并不是因为袁世凯告密,维新派的行动被守旧派获悉,察知异常的慈禧太后才幽禁光绪皇帝,镇压维新派;而是相反,在慈禧太后抢先行动,掌握了政权之后,维新派才被动应对。发动政变的是慈禧太后,不是维新派。

这个论说是否更接近真相,目前还没有确凿的佐证依据。只是,读了这篇文章后,立刻就让人想到《苍穹之昴》和《珍妃之井》。浅田次郎在创作的时候,是仔细查阅了历史资料的。即使是一些不起眼的细节,他也在经过了认真的考证之下才下笔的。但是,他对参考的史料并不是不加分析地囫囵吞枣,特别是对已有定论的人物,他敢于质疑,《苍穹之昴》中的慈禧太后,《珍妃之井》中的袁世凯都是如此,不管是怎样的历史人物,在作出历史评价之前,首先把他们看作是活生生的人。即使是恶人,也不能漏看了他有人性的一面,这就是浅田次郎的小说能打动读者的原因,是他的作品的魅力所在。

珍妃到底是被谁杀害的? 相信您一定会被这个故事的趣味性及其深刻含义所打动。

图书在版编目(CIP)数据

珍妃之井 ／(日)浅田次郎著;杜海清译. —— 上海:上海文化出版社, 2016.12
ISBN 978-7-5535-0644-9

Ⅰ.①珍… Ⅱ.①浅…②杜… Ⅲ.①长篇历史小说-日本-现代 Ⅳ.①I313.45

中国版本图书馆CIP数据核字(2016)第248993号

版权合同登记号图字 09-2016-714号
《CHINPI NO IDO》
© Jiro Asada 2005
All rights reserved.
Original Japanese edition published by KODANSHA LTD.
Publication rights for this Simplified Chinese character edition arranged with KODANSHA LTD. through
KODANSHA BEIJING CULTURE LTD. Beijing, China.
本书由日本讲谈社正式授权,版权所有,未经书面同意,不得以任何方式作全面或局部翻印、仿制或转载。

责任编辑   詹明瑜
整体设计   周艳梅
图文制作   费红莲
督   印   张凯

珍妃之井
浅田次郎 著

出   版   上海文化出版社
出   品   上海故事会文化传媒有限公司
                (200020 上海市绍兴路74号 www.storychina.cn)
发   行   世纪出版股份有限公司发行中心
印   刷   上海中华印刷有限公司
开   本   787×1092 1/32
印   张   10.5
版   次   2016年12月第1版
印   次   2016年12月第1次印刷
I S B N   978-7-5535-0644-9/I·184
定   价   28.00元

版权所有 翻印必

上海故事会文化传媒有限公司 出品(00608)www.storychina.c

上海故事会文化传媒有限公司所有图书可办理邮购,免收邮费(挂号除外)
汇款地址:上海市南绍兴路74号(200020); 收款人:上海故事会文化传媒有限公司出版发行部
联系电话:021-64338113
如发现本书有质量问题,请与印刷厂质量科联系 T:021-60299079